SOBERANA

A ascensão da rainha de Marte

Soberana

A ascensão da rainha de Marte

Kássia Monteiro

1ª edição

Editora Draco

São Paulo

2015

Kássia Monteiro
É escritora e jornalista. Autora de diversos contos (dois deles publicados pela editora Draco), foi finalista do prêmio SESC-DF de crônicas Rubem Braga 2012. *Soberana – A ascensão da rainha de Marte* é seu primeiro romance.
Canal youtube.com/sobreescritos Twitter @falecomkassia
Facebook.com/falecomkassia Site kassiamonteiro.com

Publisher: Erick Santos Cardoso
Edição: Ana Lúcia Merege
Conceito editorial: Eric Novello
Produção editorial: Janaina Chervezan
Capa: Ericksama

Dados Internacionais de Catalogação na Publicação (CIP)
Ana Lúcia Merege 4667/CRB7

M 772

Monteiro, Kássia
Soberana : a ascensão da rainha de Marte / Kássia Monteiro. – São Paulo : Draco, 2015.

ISBN 978-85-8243-097-2

1. Ficção brasileira I. Título II. Série

CDD 028.5

Índices para catálogo sistemático:
1. Ficção : Literatura brasileira 869.93

1ª edição, 2015

Editora Draco
R. César Beccaria, 27 – casa 1
Jd. da Glória – São Paulo – SP
CEP 01547-060
editoradraco@gmail.com
www.editoradraco.com
www.facebook.com/editoradraco
Twitter e Instagram: @editoradraco

Soberana
A ascensão da rainha de Marte

Mensagem da autora

Este livro começou a se moldar depois que fui convidada pela editora Draco a participar de um projeto diferente. O desafio era criar novas versões para clássicos brasileiros, mas nada de apenas acrescentar vampiros ou zumbis à vida de personagens consagrados. A ideia era pensar em uma trama totalmente nova que, ao mesmo tempo, mantivesse a essência do original.

Escolhi trabalhar o livro “Senhora”, de José de Alencar. Por vários dias, pensei sobre como aproximar dos consumidores de literatura fantástica aquela tão magnífica relação de amor e ódio criada pelo autor cearense. Relendo meus escritos antigos, acabei encontrando a história inacabada de uma inteligente e geniosa princesinha de Marte, que parecia ter potencial para, com algumas modificações, encaixar-se à proposta da editora Draco. Nas poucas páginas que eu tinha escrito, havia referências a fatos históricos e políticos e um bom espaço para o romance. Perfeito. Era isso.

Da mistura, nasceu este livro. Convido todos a desvendar as semelhanças e diferenças entre o original e a nova versão. A identificar as referências e as críticas que tentei fazer ao modo como algumas coisas são feitas na nossa sociedade. E espero, acima de tudo, que vocês gostem da leitura.

Desejo a todos uma boa temporada com a *senhora* das terras vermelhas.

Kássia Monteiro

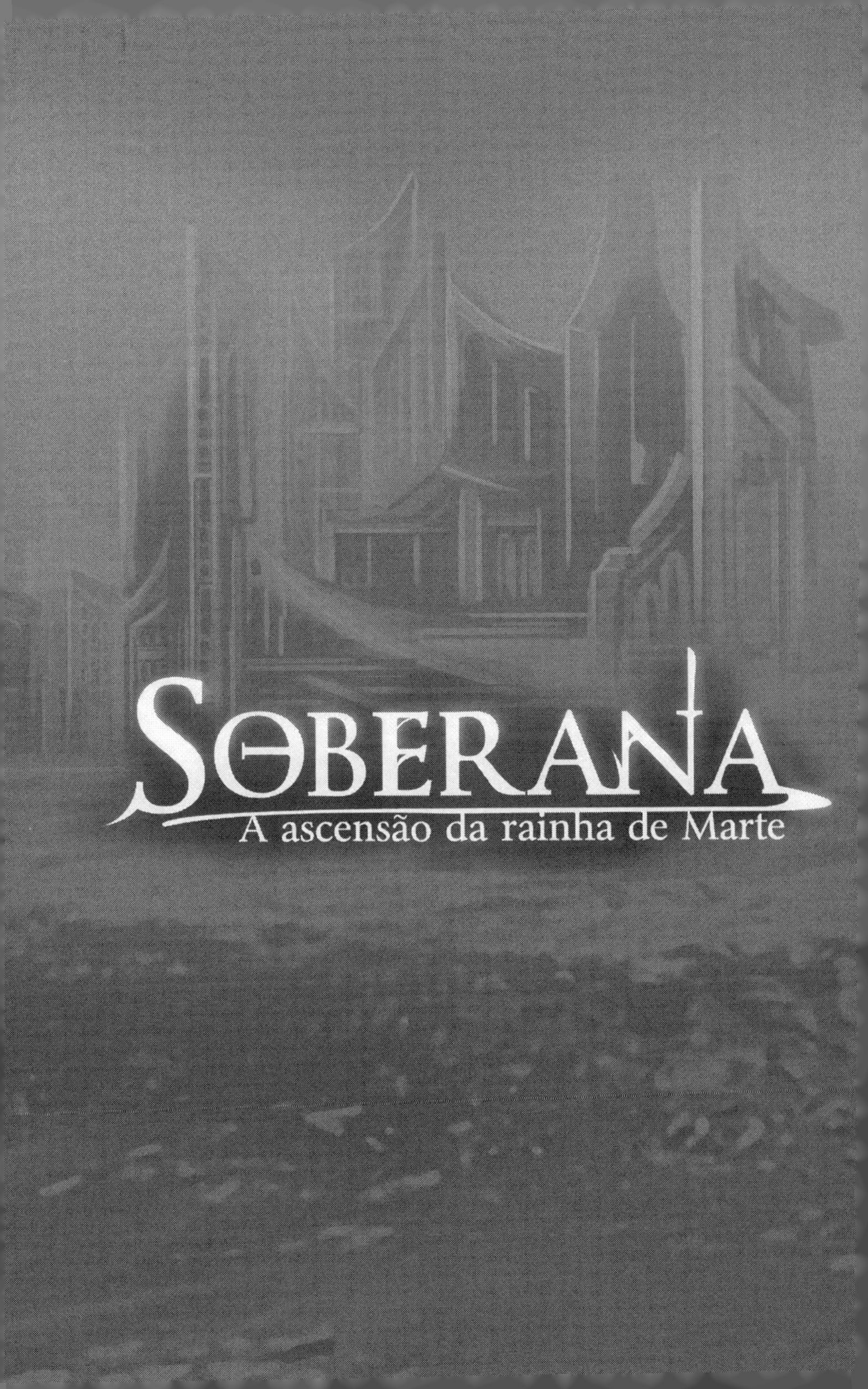
SOBERANA
A ascensão da rainha de Marte

Nota

Todos os nomes próprios, bem como os de vegetais e animais constantes deste livro, foram adaptados do marciano antigo para línguas terráqueas a fim de garantir fluência na leitura para habitantes deste planeta.

Para evitar confusão, a nomenclatura geográfica segue os padrões cartográficos sobre o relevo marciano adotados na Terra, embora fosse outra no idioma original.

Prólogo

Talvez você já tenha ouvido falar da Via Láctea, uma das bilhões de galáxias que compõem este universo, e de um certo sistema solar que faz parte dela. Nada relevante em termos universais, é verdade, mas imprescindível para determinados seres. Para os habitantes de dois planetas, em especial. O primeiro azul, farto em florestas e oceanos. O outro desértico, coberto de areia vermelha e imerso em uma atmosfera constituída 95% por dióxido de carbono (CO_2 ou gás carbônico, para os íntimos).

As coisas nem sempre foram assim, no entanto. Há alguns milhares de anos, este planeta tinha tanta vida quanto o azul. A atmosfera era mais espessa e formada por uma composição diferente de gases, ainda existia água debaixo da superfície e diversas criaturas caminhavam pelas dunas.

A base da cadeia alimentar eram os ***tatuzinhos de areia vermelha***. Eles tinham a capacidade de captar a luz do sol e transformá-la em íons de ferro, que ficavam aglomerados em pequenas bolinhas (seus cocôs). Essas bolinhas (e os próprios tatuzinhos) serviam de alimento para insetos como os ***besouros de asa preta*** ou os admiráveis ***luminários pisca-pisca***, um tipo de vaga-lume que emitia uma luz verde. A partir daí, a teia era indefinível. Cabe frisar que os vegetais, mirrados e escassos, não entravam na cadeia alimentar em nenhum nível trófico, sendo apenas aperitivos que iam direto para o bolo fecal.

As vitaminas vinham de pequenos crustáceos, como o ***camarão-chato*** e o ***caranguejo azul do Planalto da Síria***, que, obviamente, não viviam no mar. No topo da cadeia, destacavam-se grupos de seres racionais, os maiores responsáveis pela quase extinção da ***onça de cauda curta*** e do ***pardalzinho da Fossa Tântalo***, ricos em proteína e gordura. Além deles, havia muitos outros animais interessantes, como o ***grande dragão da Planície Amazonas***. Tratava-se de um réptil gigantesco – com cerca de quinze metros de comprimento –, que não cuspia fogo, mas uma gosma pegajosa excelente para caçar os ***ratões do Monte Olimpo***. Estes costumavam descer de seu precioso monte à época da reprodução, já que a planície era um lugar muito melhor para acasalar e criar os filhotes, e era aí que o grande dragão agradecia aos ***deuses do Monte do Pavão*** pela mesa farta.

Os humanos que habitavam Marte – esse é o nome do planeta vermelho –, não tinham certeza se a história dos deuses era lenda ou fato. Na verdade, a maioria deles acreditava também em um tal de Jesus Cristo, que parece ter passado por lá com uma mensagem de amor e paz. Por via das dúvidas, em algumas regiões, todos os dias, às cinco da tarde, onde quer que estivessem, os devotos voltavam-se para o Monte do Pavão e repetiam as rezas ancestrais, que vinham sendo passadas de geração em geração pelos últimos cinquenta mil anos:

Primeira Reza Ancestral aos Deuses do Monte do Pavão

Ó, poderosos deuses do Monte do Pavão
Que de cima tudo enxergam
Que do alto observam nossas falhas
Perdoem nossos pecados
Para que no *post-mortem*
Vivamos em plena harmonia
Com as vidas passadas.

Ainda é uma incógnita o uso da língua morta terráquea "latim" nas rezas ancestrais dos humanos de Marte, o que pode remontar a uma origem comum.

Segunda Reza Ancestral aos Deuses do Monte do Pavão

Protegei os humanos do mundo
Ó poderosos deuses do Monte do Pavão
Livrai-nos dos males dos seres excomungados
Por vós de nosso convívio.
Que aqueles que foram banidos
Jamais possam voltar.
Guardai-nos, ó poderosos deuses
E guiai-nos no caminho do bem.
Amém.

Cabem aqui dois comentários. Primeiro, é óbvio que eles se referem a Marte quando dizem "mundo". Segundo:

Os seres banidos

Eles eram os verdadeiros donos de Marte. Existiam desde a época em que a água na superfície não estava completamente congelada e o solo era mais do que apenas um pó vermelho. Constituíam-se sobretudo de três raças: os serpentinos, os caracolianos e os estrelatos. Todos competitivos e dotados de intelecto.

Viveram por muitos anos em harmonia com os humanos, compartilhando tarefas e a vida social, até que, em uma edição dos Jogos dos Povos, os humanos foram brutalmente esmagados. Alguns deles, inconformados, resolveram encontrar explicações para o fato e acabaram chegando à conclusão de que tinham perdido porque eram superiores. Sim, os humanos eram a raça mais apurada, a mais simétrica e perfeita. Diversos homens e mulheres se reuniram para estudar as diferenças entre os humanos e as outras raças e traçar um panorama das características que os faziam superiores.

Capturaram alguns exemplares de cada povo e, após muita observação, concluíram que os humanos não tinham a pele escamosa e dura dos serpentinos, apresentando uma cútis macia e agradável, infinitamente superior. Seus olhos não eram saltados da face e eles não deixavam uma gosma pegajosa por onde passavam, ao contrário dos caracolianos. Além disso, seu par de bem torneadas pernas era muito mais eficiente do que os milhares de pés dos estrelatos, agora considerados aberrações. Não tinham sido bem sucedidos no salto com bastão nem no lançamento de magnetita, é claro, mas porque sua função era, sobretudo, a de pensar. Os serviços braçais não eram para os humanos, eles deviam governar.

Após a publicação dos estudos, alguns regentes marcianos decidiram que as teorias da superioridade humana estavam corretas. Resolveram, então, não mais dividir seu espaço *e recursos naturais com a escória que eram as outras raças. Afinal, os humanos eram melhores e precisavam de um espaço vital, livre de aberrações, para continuarem sua expansão e dominação sobre os inferiores.*

Pouco tempo depois, várias comunidades serpentinas sumiram do mapa, no que ficou conhecido como "A Grande Guerra das Serpentes". Os serpentinos eram famosos por suas boas práticas militares, no entanto eram poucos e não resistiram por muito tempo. A maioria acabou virando bolsa ou sapato, que as mulheres humanas desfilavam nos bailes. Pelo menos morreram lutando. Os caracolianos mal tiveram essa chance.

Os humanos haviam descoberto que os caracolianos, com suas peles translúcidas, eram muito sensíveis a algo chamado cloreto de sódio (ou apenas sal). Durante um dos rigorosos invernos que durou a guerra, os humanos fingiram apiedar-se dos inimigos e distribuíram cobertores impregnados com cristais do composto. Os caracolianos que resistiram foram dizimados sem piedade. E então chegou a vez dos estrelatos, seres com cinco braços e milhares de pezinhos. Eles até formaram grandes exércitos para combater os humanos, mas falharam miseravelmente. E assim, os remanescentes dessas três raças foram confinados em campos de concentração às margens dos reinos, onde realizavam trabalhos forçados para sustentar a supremacia humana.

As outras raças, com muito menos representantes e sem espírito bélico, não ofereceram resistência. Acabaram aceitando ficar resumidas a algumas reservas ambientais.

Breve comentário sobre as outras raças de Marte

Eram os magnetos, férreos, magmáticos e holdenos. Os holdenos são conhecidos na Terra como "ETs" ou "deuses astronautas". Certa vez, um grupo deles conseguiu fugir de uma das reservas e retornar a Holden, sua terra natal. De lá, não se sabe como, alguns entraram em órbita. Talvez tenham sido carregados por um meteoro ou uma tempestade de poeira. O fato é que conseguiram sair do campo de atração de Marte e chegar ao da Terra. Foram incinerados ao entrar na atmosfera, mas, por sua constituição química, caíram bastante conservados. Eram inofensivos, sobretudo quando mortos, mas só a ideia de que existiam já foi o bastante para causar pânico entre os facilmente desesperáveis humanos terráqueos.

Alguns holdenos ficaram presos em largos blocos de gelo e chegaram vivos à Terra. Sem poderem retornar a Marte e no pouco tempo que conseguiram sobreviver no planeta azul, ensinaram aos povos que encontraram pela frente algumas das técnicas de construção disponíveis em Marte. Há registros claros do trabalho destes holdenos em peças do antigo Egito e em civilizações pré-colombianas.

Houve reinos que consideraram essa história de superioridade humana uma grande besteira e continuaram a viver em paz entre todas as raças. Até emitiram uma bula ou outra discordando desta postura preconceituosa e dizendo que tudo aquilo muito os aborrecia. É verdade que, apesar disso, nunca passaram para uma ação mais efetiva. Afinal, o problema não era deles. Tinham feito sua parte ao dizer que condenavam aquelas atitudes.

Enquanto isso, os exércitos humanos dos reinos segregacionistas continuavam galgando vitórias. Acreditava-se, à época das grandes guerras, que eles tinham a ajuda dos tais deuses do Monte do Pavão. Eis a origem da tradição de rezar para eles, mais especificamente às cinco da tarde: esta foi a hora em que o grande general humano Myr Ariolas invadiu e tomou a primeira vila serpentina. Em pronunciamento aos guerreiros humanos, ele disse que se havia voltado para o monte e pedido a ajuda dos deuses que moravam lá. Até esse momento, Myr era a única pessoa a conhecer a história. Provavelmente a tenha inventado para motivar os exércitos. O fato é que a mania pegou e, daí para diante, rezar para os deuses do Monte do Pavão tornou-se hábito entre os humanos de Marte.

Os Humanos de Marte

Como todos os seres vivos do planeta, sua constituição era adaptada à baixa gravidade e às temperaturas extremas do ambiente marciano. Comparados aos humanos terráqueos, tinham ossos mais robustos e pulmões maiores. Além disso, por viverem em um meio com baixa oferta de água, excretavam ácido úrico.

Como já foi dito, a história dos humanos sobre o planeta remontava a aproximadamente cinquenta mil anos. E, como também foi dito, em alguns reinos fora instaurada a ditadura humana e a exploração das agora chamadas "raças menores". Ficaremos por enquanto com o reino de Arcádia, um dos mais antigos recanto segregacionista, cravado no centro da planície homônima.

O primeiro rei de Arcádia foi o general Myr Ariolas, aquele mesmo do qual já falamos. Chamou-se Myr I e não fez muito além de conquistar terras, matar inimigos e criar a lenda dos deuses do Monte do Pavão. Morreu aos quarenta e três anos marcianos[1], vitimado por uma terrível gripe.

O próximo a assumir o trono foi seu filho, Palermo, o Louco. Ele impôs tributos absurdos, no que ficou conhecido como "As Leis Inadmissíveis de Palermo, o Louco". Um dos tributos chamava-se "Faça-me feliz" e instituía que a primeira noite da noiva de um súdito deveria ser com o rei. Palermo acabou morrendo de um súbito mau funcionamento no coração, causado por uma facada na aorta. Aparentemente uma das noivas dos súditos não gostou nada da ideia de passar a noite de núpcias com o rei desvairado e resolveu pôr fim àquela palhaçada, o que encerrou também a curta dinastia dos Ariolas.

Na linha de sucessão estava Eugênio José, ou Eugênio I. Sob seu reinado, os humanos experimentaram grande desenvolvimento nas técnicas de construção civil e exploração de áreas inóspitas. Foi uma época dourada, de grandes expedições e descobertas. Os descendentes de Eugênio governaram por mais de mil anos, mas a festa acabou de repente, com a morte prematura de todos os herdeiros. Vítimas, também, de uma gripe.

A Gripe

A gripe era uma doença misteriosa para os marcianos, que desconheciam os seres microscópicos. Eles só sabiam que era preciso manter distância dos infectados. Durante surtos da enfermidade, era comum isolarem os doentes em comunidades terapêuticas servidas por escravos de outras raças, a fim de evitar que mais humanos fossem contaminados. Escravos que, é claro, eram eliminados assim que terminavam o serviço.

A gripe teve grande participação na história política de Arcádia. Trinta e seis das cento e duas dinastias que governaram a planície foram extintas por este mal.

1 O ano marciano tem a duração aproximada de dois anos terrestres, de modo que Myr já era um senhor bem idoso quando faleceu.

Avancemos agora para o ano 512 p.G.S. (pós Guerra das Serpentes). A dinastia dominante em Arcádia era a dos Arcandoff e eles estavam no meio de uma grande encrenca. Primeiro porque o rei, Micanor Arcandoff Angelus Angélicus, ou Micanor III, estava gripado. Segundo, porque sua esposa também estava. Terceiro, porque sua única herdeira era uma menina de seis anos de idade. E quarto, porque holdenos, magnetos, férreos, magmáticos, serpentinos, caracolianos, estrelatos e demais raças, apesar das péssimas condições em que viviam, tinham se reproduzido freneticamente nos últimos anos.

Parte I

I

Serpentinos, estrelatos e caracolianos – repetiu Liarlinde pela vigésima oitava vez, apenas naquela aula – compõem o Eixo do Mal. São os nossos maiores inimigos, os rebeldes que só mantemos pacificados à força.

E por que fazemos isso?

Porque são inferiores e não sabem o que é melhor para eles.

Nunca se esqueça disso, princesa.

Empírico Opus, o conselheiro e tutor real, retomou então, pela vigésima nona vez, uma monólogo sobre as diferenças físicas entre as raças, que provavam a superioridade dos humanos. Ele adorava esse tema.

Liarlinde, a princesa herdeira de Arcádia, já tinha o roteiro das aulas de cor. Em breve o velho começaria a expor os termos da Bula Segregatus, documento que ele redigira anos antes e do qual muito se orgulhava. Depois, explicaria como aquele papiro abençoado havia salvado vidas, colocando enfim as raças menores onde mereciam. É claro que a segregação já existia antes da outorga da Bula, mas aquele documento servira como o ponto final em matéria de supremacia humana. Alguns de seus termos instituíam punições severas para crimes como deixar os campos de concentração sem licença prévia, recusar-se a louvar os deuses do Monte do Pavão e caçar para comer, afinal os escravos eram mantidos em uma dieta limitada e não muito nutritiva que garantia poucas rebeliões. Liarlinde tinha memorizado tudo isso havia muito tempo e não estava com paciência para a conversa repetitiva de Empírico naquela hora, o que era bastante compreensível.

Fazia dias que os pais dela estavam isolados nos aposentos reais e a menina nunca era autorizada a vê-los. Havia o risco de que ela pegasse a maldita gripe, tragédia que representaria o fim do rcinado dos Arcandoff. E, claro, esse não era o desejo de nenhum humano de Arcádia. A História mostrava que, ao fim de cada dinastia, impreterivelmente, havia problemas de sucessão. Era uma ideia diferente da outra, as duas querendo se impor em vez de trabalharem juntas pelo bem comum, e isso sempre acabava em guerras sangrentas.

Agora escreva uma redação explicando por que os caracolianos mereceram aqueles cobertores com sal – orientou Empírico, passando a Liarlinde uma folha de couro e uma pena de ***patinho-pedreira***, aqueles patos azuis que, após a cópula, pulam do abismo mais próximo.

Eu já fiz uma igualzinha anteontem, Empírico – redarguiu a menina. – Você pode ler aquela.

Enquanto a princesa caminhava, com sua altivez habitual, até a porta da sala de estudos, Empírico curvou-se, respeitoso. O conselheiro era um monarquista devotado, adorava achar que fazia parte dos rumos de Arcádia, mas não passava de um velho muito magro que andava envolto em sua túnica branca e carregava um cajado para lá e para cá. Ele dizia ser o cajado da sabedoria, uma relíquia de família passada de geração em geração de conselheiros. Na verdade, o objeto era apenas uma bengala elaborada, já que o velho tinha os joelhos estourados de tanto rezar aos deuses do Monte do Pavão e fazer reverências exageradas à família real.

Liarlinde percorreu o pátio do palácio em silêncio e o único som que se ouvia por ali eram os passos dela em direção à arena de jogos. Fazia frio, uma fina neve carbônica despencava do céu, mas a princesa não se importava. Não havia nada de que ela gostasse mais do que jogar e, de qualquer forma, estava com a cabeça tão cheia de problemas que não seria uma nevezinha a incomodá-la.

Quando Guer surgiu na arena, com o olhar desafiador e o sorriso torto de sempre, a menina empertigou-se, desdenhosa.

Pronto para perder, noivinho?

Isso é o que veremos.

Liarlinde e Guer tinham, respectivamente, seis e sete anos marcianos de idade, o que, para humanos terráqueos, corresponderia a cerca de doze e treze anos. Eles estavam noivos. O garoto era filho de Lut Vallunda, chefe da guarda real, o posto mais alto depois dos próprios reis, e da princesa, é claro. A união fora sugerida por Empírico Opus quando Liarlinde tinha apenas três anos. "É melhor garantirmos a união de Liarlinde com alguém de uma família honrada e próspera. E, o mais importante, uma família devota e segregacionista como os Arcandoff. Nunca poderemos ter certeza da fidelidade absoluta de outros reinos, eles podem acabar sucumbindo às pressões externas e não implantando a preciosa Bula que nos mantém em paz", dissera Empírico ao pai da menina. "Sugiro a união da princesa ao jovem Guer Emanuel Vallunda, filho de Lut, nosso chefe da guarda. Ele é um bravo guerreirinho, as crianças são amigas e, quando o momento chegar, certamente gerarão belos herdeiros para o trono de Arcádia. Além do mais, Lut prometeu empenhar-se em nossa cruzada pela implantação da Bula Segregatus em outros reinos. Ele tem excelentes ligações militares... Devo dar início aos procedimentos, meu rei?". Micanor, muito entretido na leitura de um papiro de comédias, respondeu com um aceno. Empírico entendeu o gesto como um sim, de forma que se deu o noivado.

O noivado de Liarlinde e Guer

A cerimônia foi no salão nobre do palácio e contou com a presença dos membros mais importantes do reino. Liarlinde estava linda em um vestido verde que combinava com seus olhos sagazes, ao passo que Guer trazia uma espada sem fio e um traje marcial, como um verdadeiro soldadinho. Depois que Empírico proferiu as palavras que selaram o destino dos dois para sempre, jurando-os prometidos um a outro e a mais ninguém sob os olhos dos deuses, as crianças passaram o resto da noite brincando de caçar raças menores. Os adultos achavam tudo uma graça.

Enquanto cresciam, os noivos desenvolveram uma sólida amizade. Passavam quase todas as tardes juntos, depois das aulas, explorando os limites do palácio ou escapando para a beira de algum lago congelado. Guer ensinava à amiga os golpes de espada que aprendia com a guarda real e ela contava a ele um pouco da história política marciana e das vantagens da Bula Segregatus. Às vezes os dois corriam até algum campo de concentração e faziam piadas com os escravos enquanto se gabavam de sua beleza e superioridade.

De fato, Liarlinde era uma das coisinhas mais graciosas que o reino já vira. Cabelos negros que caíam em ondas perfeitas sobre os ombros de uma pele alva e macia, olhos verdes brilhantes, lábios avermelhados. E Guer era um belo exemplar do sexo masculino, com sua cútis morena de sol, sua força e sua coragem. Era, também, um exímio desenhista e tinha na amiga sua musa inspiradora. A menina não sabia, mas os aposentos do garoto eram cobertos de desenhos dela. Formariam um casal bonito, algum dia. No momento, porém, ambos estavam mais preocupados com quantos pontos podiam evitar que o outro fizesse no *"batalha almofada"*.

O jogo batalha almofada

Era o jogo mais comum em Marte, a estrela dos Jogos dos Povos, quando eles existiam. Ainda havia um grande campeonato a cada dois anos marcianos entre os reinos segregacionistas, do qual as raças menores não participavam, é claro, a não ser como gandulas.

Batalha almofada era simples, porém muito divertido. Em uma arena circular, havia dois bancos, onde os jogadores se sentavam de frente um para o outro. Cada um tinha direito a duas almofadas. O objetivo era arremessá-las de forma a acertar o rosto do oponente. Este era o único lugar em que se marcavam pontos. Ganhava quem chegasse ao décimo ponto primeiro.

As partidas eram rápidas e intensas. Eventualmente as almofadas caíam no chão, e era aí que estava o ponto alto do jogo. Em meio ao perigo de uma almofadada no rosto, o jogador precisava se abaixar para pegar a que estava caída a fim de tentar acertar seu oponente com ela.

Cabe dizer que Liarlinde nunca perderia, se não quisesse, no entanto deixava Guer achar que havia ganhado. Era da vontade dela que ele continuasse vindo vê-la, sobretudo naqueles dias sombrios.

Um, dois, já! – gritou Liarlinde, e logo voavam almofadas pela arena.

Choviam também provocações de todos os tipos e os dois pré-adolescentes corriam, gritavam e suavam. Meia hora depois, após três vitórias de Guer contra duas de Liarlinde, os dois caíram exaustos, lado a lado, admirando o pôr do sol marciano em seus tons de azul. Geralmente o céu era avermelhado e poeirento, mas, quando o sol se punha, o planeta era tomado por aquela tonalidade serena. Era a hora preferida de Guer.

E aí, como os seus pais estão? – perguntou o garoto, ainda arfando.

Não sei. Ninguém me deixa nem chegar perto do quarto deles.

Quer que eu pergunte pro meu pai se ele sabe de alguma coisa?

Não, deixa pra lá, eles estão bem.

Guer ofereceu o braço como travesseiro para a amiga, que se aconchegou nele. Liarlinde não gostava de demonstrar suas emoções, mas era fácil, pelo menos para Guer, notar que ela estava muito preocupada.

Meu pai disse que há rumores entre os escravos – retomou o garoto. – Rumores de revolução.

Besteira.

É sério, ele falou que pode haver um levante se os seus pais morrerem. Por você ser tão nova e tudo mais. O reino precisaria de um regente e, nesse meio tempo, estaríamos sem um comandante de verdade... Os nossos soldados têm treinado todos os dias, você não percebeu?

Liarlinde revirou os olhos, mas se encolheu um pouco mais contra o amigo.

Os escravos são inferiores, Guer. Eles não têm cérebro suficiente pra armar um levante. Pergunte ao Empírico, ele fala sobre isso todos os dias naquelas aulas insuportáveis dele. Além do mais, eu já disse, meus pais estão bem. É só uma gripezinha.

Guer respirou fundo e não disse mais nada. Limitou-se a apertar Liarlinde nos braços e cheirar seus cabelos. Fazia algum tempo que isso vinha lhe trazendo um prazer imenso. Ter a amiga pertinho, aconchegar-se a ela. A depender dele, permaneceriam ali pelos próximos séculos. Já Liarlinde, embora também adorasse a intimidade, estava com a cabeça em outro lugar.

A menina ficou de pé num salto e ajudou o amigo a se levantar. Os dois caminharam em silêncio até uma gruta próxima ao castelo, que servia de entrada para um lago subterrâneo. Ali, debaixo do chão, onde água não estava congelada, eles podiam nadar e se livrar do suor do jogo. Liarlinde não se aventurou de imediato pelo lago gelado. Apenas sentou-se à beira e mergulhou os pés, movimento que Guer imitou. Só se ouviam as gotas pingando do teto da gruta.

Guer – murmurou a princesa mantendo os olhos fixos na superfície espelhada. – Você é o meu melhor amigo. Eu sei que todo mundo mente pra mim, mas eu confio em você. Me diz com sinceridade, você acha que eles vão morrer?

Um nó formou-se na garganta do garoto. Tinha uma opinião formada sobre a saúde dos reis, especialmente pelo aumento dos exercícios militares que vinha notando. No entanto, por mais que odiasse mentir para a amiga, seria incapaz de confessar a ela o que pensava.

Ora – disse com cuidado. – Você mesma falou, é só uma gripezinha.

É, só que...

A menina ainda permaneceu com os olhos vidrados por longos minutos. Guer não sabia como agir. Tinha vontade de abraçá-la e tirar dela toda a tristeza, mas sabia que era impossível. Se fosse seu pai em um leito de morte, ele estaria preocupado, não estaria? Quando por fim tomou coragem para aproximar-se da amiga, viu que Liarlinde mudara subitamente de semblante.

Você tem razão, Guer – disse a garota. E, em um grito animado, acrescentou – O último a entrar na água é um holdeno!

Antes que o menino pudesse se levantar, Liarlinde já tinha se despido e mergulhava nas águas frias do lago subterrâneo.

II

Micanor estava com uma terrível crise de tosse. Os médicos da corte já haviam tentado de tudo para aplacar a violência da gripe, mas nada surtia efeito. A voz do rei saía rouca, de tão machucada que estava sua garganta, e a rainha não parecia melhor.

Micanor... – murmurou ela. – Eu acho que não vou resistir muito mais a essa gripe – e espirrou.

O rei coçou a barba, ainda muito cansado de tanto tossir.

Ora, minha cara Adélia – espirrou –, então acho que seremos dois.

E, de fato, não duraram muito.

Três dias depois, quando Liarlinde e Guer repetiam seu ritual de flutuar no lago, um silencioso Empírico apareceu entre as sombras da gruta. Ele encostou-se à parede da caverna e admirou os dois jovens por algum tempo. Formara um belo casal e estava orgulhoso disso. Infelizmente, agora só os deuses sabiam que rumo tomaria aquela história. Quando Liarlinde notou a presença do conselheiro, o velho tinha lágrimas nos olhos.

O que houve, Empírico? – perguntou a princesa, ainda rindo de uma peça que pregara em Guer.

O homem não conseguiu transformar a dor em palavras. Correu para dentro d'água, encharcando sua túnica branca até a cintura, e envolveu a menina em um forte abraço. Liarlinde congelou sob seus braços finos.

Você está perdendo a razão? Quem pensa que é para me tratar com tanta intimidade? Vou dizer pro meu pai te jogar em um campo de concentração!

O velho soltou um suspiro e abanou a cabeça em negativa.

Seu pai está morto! – falou de repente. – Sua mãe também!

E correu para longe, deixando as duas e assustadas crianças a sós.

Breve comentário sobre o silêncio constrangedor

Conhecido dos humanos terráqueos, e também dos marcianos, é aquele em que você sabe que tem muito a dizer, mas não pode. Ou em que não tem nada a dizer, mas sabe que precisa se manifestar.

Esse foi o sentimento do jovem Guer.

Liarlinde parecia petrificada. Seus lindos olhos verdes estavam muito abertos, ela quase não respirava. De repente, lágrimas raivosas começaram a escorrer pelas bochechas da princesa, rosadas de cólera. Tudo em um silêncio profundo, fúnebre. O famoso silêncio constrangedor.

Guer acompanhava o sofrimento da amiga e, mais uma vez, não sabia o que fazer. Não preparavam os homens para esse tipo de situação no exército. Em uma decisão não muito sábia, o jovem falou:

Ah, Lia, pelo menos agora você vai ser rainha.

Essa colocação estupidamente insensível serviu ao menos para acabar com o silêncio. Liarlinde soltou um grito gutural e correu para fora do lago. Recolheu as roupas de qualquer jeito e correu até sumir de vista. Guer não a seguiu. Apenas vestiu suas roupas, recolheu uma fitinha de cabelo vermelha que a menina deixara para trás e voltou para casa.

* * *

O enterro dos Arcandoff seguiu as milenares tradições marcianas. Os corpos foram limpos e cobertos com penas de ***zebra da montanha***, animais muito raros somente encontrados na Planície Utopia. Segundo Empírico, as penas (três, entre as orelhas) eram sensores usados para detectar a aproximação de predadores. Ou seja, a cada governante humano morto, muitas e muitas zebras também partiam desta para outra melhor.

Depois de cobertos, os corpos dos reis permaneceram por três dias em praça pública, onde foram velados (de longe) pela população. Ninguém podia tocar os cadáveres, a não ser pessoas de origem real, no caso, apenas Liarlinde. No entanto, nem mesmo a princesa foi autorizada a chegar perto dos pais, pois, mesmo depois de mortos, eles ainda ofereciam risco de contaminação à menina.

Durante o velório, Liarlinde ficou quase tão petrificada quanto no momento em que soubera da morte dos reis. Toda vestida de vermelho, como rezava a tradição para os funerais, permaneceu o mais perto que pôde dos caixões até que a última pedra de magnetita fosse jogada sobre eles (este também era um costume marciano).

A princesa nunca se sentira tão só. Desde que os pais morreram, estivera trancada em seus aposentos, sem vontade de ver ninguém. Nem mesmo Guer recebera autorização para visitá-la e a garota só havia tolerado a presença de Empírico porque ele a auxiliava nos deveres que tinha a cumprir.

Ao fim dos pêsames dos membros da corte, a princesa cambaleou de volta ao quarto. Nada havia mudado, mas tudo parecia diferente, vazio. Ela passou os olhos pela caixinha de música, presente da mãe, pelos vestidos que o pai lhe dera, e sentiu as lágrimas brotarem. Cada cantinho do castelo lembrava Adélia e Micanor, que, agora, ela havia perdido. Talvez fosse melhor se ela também tivesse pegado a gripe. Era apenas uma garota, como poderia ser rainha? Não queria ocupar o trono, nunca quisera. Nunca havia pensado no dia em que seus pais morreriam e jamais achou que isso fosse acontecer tão cedo.

Jogou-se sobre a cama, cobrindo o rosto cansado de chorar com um travesseiro, e quis mergulhar em um sono sem sonhos. Mal fechou os olhos, porém, ouviu a porta se abrir com um rangido. Lá estava Empírico. O velho tinha novamente aquele ar de portador de más notícias e, como sempre, nada disse. Ficou apenas olhando para Liarlinde com cara de pena enquanto uma ruga de preocupação se formava em sua já tão enrugada testa.

O que foi dessa vez, Empírico? – resmungou a princesa.

Lamento não a encontrar em seu melhor estado, alteza – começou o conselheiro. – Mas precisamos tomar algumas providências para sua coroação amanhã.

Liarlinde sentou-se.

O quê?!

Princesa... – disse Empírico em tom apaziguador. – Não sejamos tão insensíveis à causa de Arcádia. No momento, o reino está acéfalo. Há rumores de que alguns escravos estariam preparando um levante, precisamos de um líder capaz de guiar nosso povo contra este afronte do Eixo do Mal. É claro que a senhorita ainda é menor de idade e não poderá governar sozinha, mas isso não importa, o que precisamos para motivar o exército é de sua figura real.

Liarlinde tentou argumentar, mas Empírico continuou seu discurso sem deixar brecha para discussões:

Não se preocupe quanto à necessidade de um regente, isso já está resolvido – fez uma pausa dramática e levou uma mão ao peito. – Conforme desejo dos reis, explicitado no testamento que redigi, ofereço-me para o cargo. É claro que não me sinto, de maneira alguma, atraído pelas responsabilidades que a regência implica, contudo eu jamais poderia me negar a cumprir a última vontade de meus falecidos soberanos.

Liarlinde revirou os olhos.

Faça o que quiser, Empírico.

A princesa levantou-se e deixou o quarto, cabisbaixa. Precisava respirar, colocar os pensamentos em ordem. Só queria um tempo para si e agora tinha que se preparar para uma coroação, bajulação barata e para motivar os exércitos contra um possível levante. Por longas horas, tudo o que fez foi vagar pelos corredores do palácio. Andava contando os passos, tentando, em vão, manter a mente vazia. Quanto mais se esforçava, porém, mais a imagem de Micanor e Adélia em seus caixões vinha atormentá-la. Resolveu que precisava refrescar a memória de como eles eram quando vivos. Não queria se lembrar dos pais como cadáveres.

A galeria dos reis era um corredor comprido que guardava os retratos de todas as gerações que já tinham governado Arcádia. Em um deles, Micanor e Adélia sorriam abraçados, feitos de traços tão realistas que era quase como se estivessem ali novamente. Liarlinde daria tudo para poder abraçá-los mais uma vez. Frustrada pela impossibilidade de um reencontro, chorou. Não sabia se estava mais triste pelos pais ou por si mesma.

Deixava as lágrimas rolarem quando os ecos de passos hesitantes a trouxeram de volta à realidade. Enxugou o rosto com força e virou-se para encarar o recém-chegado. Guer parou a alguns metros dela, os olhos abatidos. Lá fora, o sol já havia se posto.

Oi...

A garota não respondeu.

Eu fiquei sabendo sobre amanhã – continuou Guer. – Queria falar com você antes de você virar, sabe, a dona do reino.

Não quero conversar agora.

Liarlinde baixou a cabeça e caminhou a passos largos para deixar a galeria. Precisava ficar sozinha, será que era tão difícil assim para os outros entenderem isso? Quando passou por Guer, porém, o rapaz segurou-a pelo braço, impedindo que saísse. Liarlinde tentou libertar-se, mas Guer continuou segurando firme. Olhavam-se, em uma disputa silenciosa de forças, até que ela não conseguiu mais segurar as lágrimas e se deixou abraçar. Assim que encostou a cabeça no peito do amigo, sentiu que era ali que queria ter estado desde o princípio.

Eles não me deixaram nem dizer adeus – disse, aos prantos. – Eu...

Liarlinde mal respirava em meio à crise de choro. Soluçava e engasgava com as próprias lágrimas, tinha perdido a força nas pernas.

Vamos sair daqui.

Guer arrastou-a para fora, para o ar puro. A última coisa de que a menina precisava naquele momento era ficar confinada numa sala cheia de imagens de reis mortos. Caminharam até o alto de uma duna afastada, onde ninguém apareceria para perturbar. Por mais de uma hora, tudo o que Liarlinde fez foi chorar, deitada no colo do amigo, enquanto o garoto fazia-lhe um carinho discreto nos cabelos. Nenhum dos dois se importou com o avançado da hora ou com o fato de que fazia um frio tenebroso.

Sabe – disse Guer quando conseguiu tomar coragem para romper o silêncio. – Mesmo que você não tenha podido se despedir, eu sei que eles entendem. Aliás, eles mesmos jamais deixariam você chegar perto podendo pegar a doença. – Olhou-a com ternura. – Você é... você é preciosa demais para que eles te expusessem a um risco tão grande. Você é a coisa mais preciosa que Arcádia tem agora.

Liarlinde sentou-se, a cabeça rodopiando pela súbita falta de oxigênio. Apoiou-se em Guer.

Olhe para cima – sugeriu o amigo. – Vê as estrelas? Aposto que seus pais estão lá com elas, agora, olhando para nós e chateados com a sua tristeza. Que tal tentar um sorrisinho, hein?

Não tenho motivos para isso.

Você está abraçada com o cara mais legal de Arcádia, é um bom motivo, não acha?

Liarlinde revirou os olhos.

Como você quer que eu sorria, Guer? Minha família está morta, não percebeu? Eu só tenho seis anos e estou sozinha no mundo! Tenho lacaios e um tutor insuportável, mas ninguém que realmente se importe.

Obrigado pela parte que me toca!

Não quis ofender, eu me referia aos adultos.

Danem-se os adultos, quem precisa deles? *Eu* sempre vou estar do seu lado, pra qualquer coisa que você precisar, entendeu? E, além do mais, um dia eu também vou ser adulto, ter uma barba de respeito e aí você não vai ter que se preocupar mais com nada. Eu vou cuidar de você.

Só porque os deuses selaram o nosso destino e você não tem escolha.

Ou talvez eu queira mesmo passar o resto da minha vida com você.

Liarlinde levantou os olhos. Guer fitava-a com uma intensidade esquisita.

Como assim?

Ah, Lia – disse ele com um suspiro chateado. – Você não sabe o quanto eu fico triste por te ver sofrendo, eu...

Os olhos de Guer estavam marejados. Procuravam os dela, mudos, sem saber o que dizer. A impotência e o carinho estavam estampados na cara do menino.

Liarlinde tocou o rosto do amigo, emocionada. Guer era um chato de primeira categoria, às vezes, e um adversário irritante, mas, naquele momento, era como se estivesse ali em seu estado mais puro e apaixonado. Alguma coisa na forma como ele olhava para ela demonstrava um afeto que ela jamais suspeitara que existisse. Não daquela forma, pelo menos.

Você me ama, Guer? – ela perguntou.

Amo.

E vai me amar sempre?

Por toda a minha vida, Lia.

Eu também.

E, antes que tivesse tempo de se arrepender da ideia, Liarlinde colou seus lábios aos do menino, que estremeceu sem protestos ao contato de seu primeiro beijo.

Naquela noite, Guer não conseguiu dormir. Sentia saudades da amiga como nunca achou que fosse sentir de alguém, e só tinham estado separados por algumas horas. O coração batia acelerado e parecia que alguém colocara minhocas na barriga dele. Na verdade, aqueles sentimentos não eram exatamente novos. Fazia algum tempo que Guer começara a achar Liarlinde bonita, gostava de conversar com ela pelo tempo que fosse. Ficava triste, quase emburrado, quando tinha que deixá-la para ir treinar ou ter aulas com os outros soldados. Reparava em cada gesto, cada trejeito, ria das piadas dela e sentia as mãos suarem quando estavam juntos.

Nos dias que sucederam a morte dos reis, durante os quais Liarlinde permanecera incomunicável, Guer tinha andado para cima e para baixo com o lacinho de cabelo dela, que recolhera na gruta quando Empírico lhes dera a notícia do falecimento. Ele sabia que era o laço preferido da princesa, mas não pretendia devolvê-lo. Gostava de tê-lo consigo, cheirá-lo, e costumava brincar com ele entre os dedos enquanto esperava pelo dia em que falaria com a amiga de novo. Jamais imaginou que tal momento fosse ser tão mágico.

O garoto ficou tão emocionado relembrando o beijo que sentiu lágrimas subirem-lhe aos olhos. Como um bom soldado, tratou de escondê-las o mais rápido possível; afinal, guerreiros não choravam. Pelo menos era o que ele pensava até o dia em que sua vida mudou completamente.

III

Era uma manhã modorrenta e Liarlinde ainda dormia quando ouviu a porta do quarto ranger. Empírico entrou com ar sério, sem nem ao menos se desculpar pela invasão.

Talvez a princesa queira ver isto... – disse em tom sinistro.

O conselheiro foi até a sacada e pediu que Liarlinde o seguisse. Ela apertou os olhos contra a luz que vinha de fora e, quando se acostumou à claridade, deparou-se com uma cena inédita em seus seis anos de vida. Uma multidão se estendia por quilômetros a perder de vista do lado de fora dos muros de Arcádia. Parecia que gritavam alguma coisa, mas ela não sabia dizer o quê. Na verdade, a princesa tinha a cabeça tão tonta de sono e preocupações que sequer notou do que se tratava.

Se vieram para o velório dos meus pais – murmurou, sem vontade –, diga a eles que estão atrasados.

Empírico engoliu em seco.

Eles não vieram para o velório, querida...

Então mande-os embora.

Princesa, eles é que querem nos mandar embora.

Breve comentário sobre a falta de controle populacional

Aí está o maior erro que Micanor Arcandoff e todos os seus antepassados cometeram. Eles isolaram as raças inferiores, excluíram-nas de seu convívio, mas jamais se interessaram em saber como andavam as taxas de fecundidade por lá.

Aconteceu que essas raças descobriram que sua salvação poderia estar nos números. Enquanto em Arcádia as pessoas tinham cada vez menos filhos, os excluídos se reproduziam a taxas alarmantes. Agora que Micanor estava morto e o reino entregue a uma menininha de seis anos, as raças inferiores haviam reunido seu enorme contingente populacional, transformado em exército, para tomar as terras de onde haviam sido expulsos.

Liarlinde demorou a entender o que Empírico estava dizendo. Como assim "eles é que querem nos mandar embora"? E então ela percebeu: era o levante. Aqueles seres não estavam ali para prestar os pêsames.

Já orientei Lut a ir falar com os líderes – continuou Empírico. – Tentaremos marcar uma reunião antes que eles partam para a violência.

Não quero participar de reunião nenhuma, dê outro jeito.

Receio não termos escolha, princesa.

Liarlinde caiu pesadamente sobre a cama.

Que graça tem ser rainha se eu nem posso decidir o que fazer?

Reinar não é uma diversão – ralhou o conselheiro. – É uma obrigação sagrada. A senhorita não acha que seus pais faziam tudo conforme lhes aprazia, acha?

Claro que não, Empírico – e cravando os olhos sobre o velho: – Eles faziam tudo o que *você* queria, não é mesmo?

O conselheiro não se deu por vencido.

Os reis eram espertos o suficiente para verem que meus conselhos provêm de uma antiga sabedoria que passa de geração em geração da minha família. Mantivemos Arcádia pacificada durante todo este tempo, não mantivemos? A princesa precisa aprender um pouco de gratidão e humildade. – E continuou, sem esperar resposta: – Já lidei com situações assim antes, sei o que devemos fazer. Se quiser ouvir meu conselho, estou aqui para dá-lo.

Liarlinde sentou-se e fitou o homem com desprezo. Detestava lições de moral.

Diga, Empírico, qual é a sua ideia brilhante desta vez?

Esta multidão só está reunida porque tem líderes. Se eles fossem, digamos, acidentalmente empalados, muitos dos soldados perderiam seu motivo para lutar. Talvez tivéssemos o exército dispersado antes do fim do dia. Mas o que são as palavras de um velho conselheiro, não é mesmo? Agora a menina deve se aprontar, temos que seguir para a sala do trono o quanto antes.

Dito isto, o velho se retirou. Liarlinde ainda permaneceu na cama por alguns minutos, pensativa. Jamais esperara um ataque tão numeroso das raças inferiores, mas não era hora de entrar em pânico. Ainda relutante, levantou e lavou o rosto, na tentativa de apagar as marcas do sono.

Em uma das torres de vigia, Guer acompanhava os preparativos da guarda para a coroação de Liarlinde. Estava responsável por polir a espada do pai, tarefa que tomava toda sua atenção, e levou um susto quando Lut chegou bufando. O homem tinha acabado de voltar de uma reunião com Empírico Opus e parecia transtornado. Guer só entendeu do que se tratava ao ouvir as vozes. Muitas, milhares, como se o maior jogo de batalha almofada de todos os tempos estivesse acontecendo bem naquela hora sem que ele tivesse sido avisado. Perto da janela, um pálido Lut Vallunda observava o inimigo. Guer viu quando o pai engoliu em seco. Lut não era homem de engolir em seco. Ele era o chefe da guarda real, um guerreiro treinado e, pela cara dele, alguma coisa estava muito errada.

Um mar de caracolianos, estrelatos e serpentinos cercava Arcádia. Os escravos estavam armados e entoavam cantos de guerra. Tudo bem que as armas eram precárias e as vozes deles não eram das mais afinadas, mas, mesmo assim, Guer não teve vontade de rir. Sentiu o coração acelerar e um arrepio gelado na espinha. Seu pai estava certo, afinal. Os inferiores estavam mesmo planejando um levante, um levante enorme, que ele não tinha certeza se Arcádia seria capaz de combater.

Na cidade, a correria era geral. O comércio fechou e os arcadianos correram para suas casas, como se uma porta trancada pudesse barrar um exército daquele tamanho. Perto dos muros, soldados se armavam e tomavam suas posições.

Lut empertigou-se e assumiu o comando. Do alto da torre, gritou para os inimigos:

Escravos, podemos conversar civilizadamente?

A primeira reação do general serpentino, comandante dos rebeldes, foi gargalhar. Depois cuspir no chão.

Agora querem conversar? Piada!

É isso mesmo, conversar. Os senhores devem estar cientes da morte de nossos reis. Temos uma nova líder agora, a princesa Liarlinde. Não é melhor ouvirmos o que ela tem a dizer antes de partirmos para as animosidades?

Os generais menores deliberaram por alguns minutos até que seu porta-voz voltou a falar.

Tudo bem! – gritou ele. – Mande a pirralha descer e falaremos com ela!

Ora, suba o senhor aqui – retrucou Lut. – O senhor e todos os líderes que quiserem participar das negociações. Eu dou minha palavra de que sua segurança será prioridade.

Nós não somos tão otários, Sr. Vallunda!

Pra você, é General Vallunda. E essa condição não é negociável. Nossa princesa é só uma garotinha, imagine se vou metê-la no meio desse exército! Andem, subam e vamos conversar. Já disse que a segurança de vocês está garantida.

O general serpentino pensou um pouco e, depois de uma breve discussão com os líderes das outras raças, ficou decidido que conversariam com Liarlinde em seu palácio.

Quando Lut desceu da torre, Guer esgueirou-se para perto do pai e seguiu-o até a sala do trono. Soldados se postavam em cada quina do cômodo. Cerca de quinhentos membros da guarda haviam sido deslocados para proteger a princesa, mas, mesmo assim, Guer tremia. Algo muito ruim estava para acontecer, ele podia sentir a tensão no ar.

Os generais não demoraram a aparecer. Eram três, que Guer reconheceu das aulas sobre resistência das raças excluídas. Urso Grande, general caracoliano, Abdul Abdah, chefe serpentino, e Hyun Ki, o líder estrelato. Os três caminhavam juntos, desconfiados, mas tentavam manter a aura assustadora. E, pelo menos para Guer, estavam conseguindo.

A princesa está a caminho, senhores – informou o general Vallunda.

Momentos depois, as portas se abriam e Liarlinde surgia, régia, acompanhada de Empírico. O velho lançou um olhar significativo para Lut, que apertava os ombros do filho com apreensão.

Liarlinde recusou-se a olhar para o amigo. Precisava ser forte e Guer tinha a capacidade de fazê-la se sentir frágil, especialmente depois do beijo. Estavam ali para cumprir obrigações, embora ela só quisesse correr para longe de todas aquelas pessoas. E daqueles generais horrorosos que estavam no salão, é claro. Os três davam-lhe arrepios. Um era escamoso e tinha uma língua bifurcada que ele parecia incapaz de manter dentro da boca. O outro tinha uma pele brilhosa e gosmenta, e olhos que saltavam do rosto. Já o último mantinha seus cinco braços e seus milhares de pezinhos em constante movimento. Asquerosos.

A menina engoliu o nojo e disse:

Bem-vindos a Arcádia. Em que podemos ser úteis?

Os generais fizeram uma reverência. É verdade que foram necessárias algumas ameaças antes que eles decidissem se curvar.

Princesa, a senhorita deve estar ciente da forma como seus pais trataram nossos povos – começou Urso Grande, o general caracoliano. – Fomos dizimados, depois escravizados, chamados de nomes horríveis.

Vocês perderam a guerra, não perderam? – redarguiu Liarlinde.

Sim, mas...

Se nós tivéssemos perdido, vocês não teriam feito o mesmo? Não teriam nos escorraçado daqui?

Princesa...

Responda apenas sim ou não, general.

Guer nunca vira Liarlinde tão altiva. Ela mantinha o queixo erguido, embora os olhos estivessem um pouco vermelhos. Devia ter chorado. Apesar disso, a voz dela era firme, a garota estava falando de igual para igual com generais à frente de um exército enorme.

Como eu dizia – continuou a princesa –, se perderam a guerra, devem aceitar as consequências. Não acreditamos no conceito de reparação histórica em Arcádia.

Lamentamos ouvir isso – disse Hyun Ki, o líder estrelato. – Não nos deixa saída a não ser uma nova guerra. Desta vez, talvez saiamos vencedores. E aí eu não iria querer estar na pele dos humanos.

Isto é uma ameaça, senhor Ki?

Isto é a verdade – emendou Abdul Abdah. – Ou entramos em um acordo ou entramos em guerra.

Bom, isto soou como uma ameaça para mim. Eu não tolerarei ameaças dentro do meu próprio palácio. General Vallunda, jogue esses mequetrefes de volta na rua. Eles não são dignos de pisar aqui. E, se querem lutar, lutaremos. Todos sabemos que eles não têm a menor chance.

Dito isto, Liarlinde levantou-se e caminhou até a porta. Foi interrompida pela voz sibilante do general serpentino.

Mal posso esperar para tê-la nas minhas garras, princesinha. Gosto muito de pele macia.

Liarlinde virou-se sem pressa. Encarou o serpentino e sorriu.

Nós não queremos que isto aconteça, não é mesmo? Lut, mudei de ideia. Quero este daí empalado antes do pôr do sol.

Quando deixou a sala do trono, exausta pelo que tinha sido obrigada a fazer e ainda sob os gritos dos generais, que afirmavam terem sido traídos, Liarlinde foi abordada por Empírico. O conselheiro destilou mais uma de suas gotas de sabedoria.

A senhorita não deveria ter deixado os dois generais irem embora. Deveria ter feito como eu orientei e empalado os três.

Aceite uma coisa, Empírico – interrompeu a princesa. – A

futura rainha sou eu, não você. E agora não quero ouvir mais nada, você está dispensado.

A menina voltou para o quarto, onde passou o restante da tarde sozinha. Pouco antes do pôr do sol, foi à sacada acompanhar o empalamento que havia determinado. Manteve as mãos fechadas em punho. Não quisera ordenar a morte de ninguém, muito menos segundo a vontade de Empírico. Se ao menos aquele general idiota tivesse mantido a boca fechada. Ela fora ameaçada e não podia deixar passar em branco. Agora tinha que encarar as consequências.

Alguns soldados se aglomeraram em uma das torres e logo surgiu a figura de Abdul Abdah, que não parecia ter passado por bons momentos nas mãos do exército. Ele cambaleou, sob os olhares assustados do povo que havia comandado, e foi posto de joelhos. Toda a sua coragem havia se esvaído. O serpentino gritou como uma garotinha quando o carrasco apareceu. Implorou para ser poupado e seus urros puderam ser ouvidos a quilômetros dali quando a sentença começou a ser aplicada.

Liarlinde teve que se segurar para não sair correndo. Estava horrorizada, mas sabia que todo o reino a observava. Precisava parecer segura do que estava fazendo. Quando o empalamento terminou, ela finalmente pôde correr para a cama e derramar todas as lágrimas que viera segurando nas últimas horas.

Se em algum momento a garota achou que a morte de do general serpentino amedrontaria os rebeldes a ponto de eles desistirem da revolução, enganou-se. Algumas horas depois do pôr do sol, os muros de Arcádia começaram a tremer.

IV

Depois do empalamento, Guer voltou à torre de observação para terminar de polir a espada do pai. Esperava que a morte de Abdul Abdah dissuadisse os escravos, mas, conforme o tempo passava, podia ver que mais e mais deles chegavam aos muros de Arcádia. Eles traziam todo tipo de material que pudesse ser usado como arma e pareciam se dividir em grupos com funções específicas. Alguns estavam construindo escadas, outros enchiam barris com explosivos ou afiavam machadinhas. Com certeza não estavam ali para brincar.

O ar estava parado, como se aguardasse algum acontecimento para voltar a se mover, e o silêncio dos soldados arcadianos montando suas armas revelava o quanto a situação era delicada. Em uma sala privada, Lut estava reunido com outros chefes militares para definir as estratégias de defesa. O reino já havia resistido a algumas tentativas de invasão antes, mas nunca enfrentara um exército daquele tamanho.

Quando os rebeldes encostaram a primeira escada nos muros de Arcádia, os soldados de Liarlinde revidaram com uma chuva de ferro derretido. A cada linha de inimigos que era abatida, porém, outra e mais outra se aproximava. Os rebeldes atacavam com barras de metal e subiam uns nos outros para tentar escalar os muros. Estavam cheios de ódio e não iam parar até conseguirem seu objetivo. Quando o portão principal cedeu e uma onda de escravos invadiu Arcádia, Guer soube que a guerra tinha começado. Nesse momento, a única coisa que passou pela cabeça do garoto foi que ele precisava proteger Liarlinde.

A princesa estava dormindo quando as vozes começaram a se erguer e os sons da luta se espalharam pelas ruas. Ela afastou as cobertas e caminhou até a sacada. Lá embaixo, a cidade ardia em vários pontos e uma multidão de inferiores avançava aos berros em direção aos muros do palácio. Os arcadianos que ficavam no caminho eram massacrados sem piedade. Liarlinde não ouviu quando Empírico irrompeu no quarto, pálido e ofegante. Ele estendeu as mãos trêmulas para a menina e puxou-a para dentro antes que algum barril fumegante a acertasse na cabeça.

A princesa precisa vir comigo! – gritou o conselheiro.

O que está acontecendo?

Não há tempo para explicar, venha comigo, Liarlinde!

Empírico nunca era tão pouco formal ao ponto de chamá-la pelo primeiro nome, o que deixou claro que ele não estava brincando. Apesar das dificuldades que tinha para andar depressa, o velho estava tão assustado que mal tomava conhecimento de suas limitações físicas. Guiava a menina por corredores que ela nunca vira antes, provavelmente passagens secretas que somente ele conhecia. Alguns minutos depois, saíram perto da sala do trono. Fugiam a toda velocidade em direção a uma pintura de Micanor e Adélia quando Guer apareceu do outro lado do cômodo.

Liarlinde! – o garoto gritou. – Espere aí!

Guer!

Liarlinde quis correr para o amigo, mas Empírico segurou-a com uma força da qual ela nunca o julgara capaz. Um estalo alto veio do teto do palácio, jogando um pouco de poeira nos cabelos dos dois.

Não dá tempo, princesa, precisamos ir! – insistiu Empírico, ainda puxando a garota para si. – Eles já invadiram o palácio, estão por toda a parte, não percebe? Temos que sair agora mesmo!

Passos apressados ecoavam pelos corredores, indicando a aproximação de uma horda de inimigos. Logo uma das portas se escancarava para exibir centenas de soldados das raças menores famintos de vingança. Ao notarem a princesa, mostraram suas presas e emitiram sons intimidadores.

Empírico puxou Liarlinde e os dois reiniciaram a fuga, com os invasores em seu encalço. Guer veio logo atrás, brandindo a espada contra os rebeldes que se punham em seu caminho. Empírico, por sua vez, distribuía cajadadas em quem se atrevesse a chegar perto da princesa. Os três tinham corrido para um beco sem saída e sua única defesa real era Guer. Ele fazia o possível para dizimar o máximo de inimigos, embora fosse apenas um garoto contra vários escravos.

Ele era rápido e não dava muita chance para os oponentes, que não tinham a menor técnica de batalha. Por mais eficiente que fosse, porém, acabou recebendo um golpe forte na mão. A espada voou longe e Guer soltou um urro de dor. Encostada à parede, Liarlinde chorava sem saber o que fazer. Empírico não a deixava lutar, Guer estava ferido e tudo parecia perdido.

Foi quando Lut Vallunda apareceu. Ao notarem que a invasão era inevitável, ele e os soldados da guarda real correram para os aposentos da princesa, sem saber que Empírico já havia levado a menina para outro lugar. Agora, finalmente a encontravam.

Lut deu outra espada a Guer e a batalha tomou novo fôlego. Arcadianos e rebeldes enfrentavam-se sem descanso e a guarda real parecia estar conseguindo uma boa vantagem. A força dos soldados deu esperanças à princesa de que talvez fosse possível escapar daquele inferno. E então, outro estalo no teto fez parte da abóboda do palácio ruir.

Breve comentário sobre a velocidade de queda

A velocidade de queda de um corpo depende de alguns fatores, como a variação de altura e a gravidade. Assim, os destroços do palácio não caíram tão rápido quanto um leitor terráqueo poderia pensar, já que a gravidade em Marte é cerca de um terço da gravidade da Terra.

Cabe ressaltar que mobília, armas, almofadas e até os próprios seres vivos de Marte eram adaptados à baixa gravidade e conseguiam se manter no chão e se mover com rapidez sem maiores problemas. Para construções, no entanto, por medida de segurança, procurava-se usar materiais mais leves, que caíssem devagar. Essa prática foi adotada depois de dois grandes terremotos que abalaram o planeta, destruindo praticamente todos os reinos que existiam até então. Com as novas regras, era possível ao menos tentar escapar.

Uma pilha de escombros despencava no ar enquanto arcadianos e invasores tentavam desviar dos pedaços maiores. Empírico e Liarlinde foram atingidos por um bloco de argila em forma de concha e sumiram debaixo da poeira vermelha. Guer também levou uma pancada e foi atirado ao chão. Conseguiu levantar-se logo em seguida, ignorando um ferimento ensanguentado no ombro direito, e recolheu a espada o mais rápido que pôde. Estava coberto de uma fina camada de pó e se sentia como se tivesse sido pisoteado por uma manada de **cangurus do rabo preto**, mas a adrenalina era tanta que ele não percebia mais a dor.

Aos poucos, conforme soldados e invasores se recuperavam do

impacto, a batalha recomeçou no salão destruído. Guer, no entanto, só conseguia pensar em encontrar Liarlinde, que havia desaparecido sob a montanha de entulho. Enquanto as espadas tiniam e os feridos gritavam, o garoto ignorava a própria agonia e focava em remover o máximo de destroços que conseguisse. Machucou os dedos no processo, teve que desviar de um ou dois rebeldes, mas só parou de cavar quando encontrou a mão da amiga, manchada com um fio de sangue.

Liarlinde! – chamou, ansioso. – Liarlinde, fale comigo!

A menina não se mexeu.

Lia, você está bem? Eu vou te tirar daí, eu juro.

Guer continuou a remover os escombros de cima do corpo da amiga com uma urgência comovente. Tirou o máximo que pôde, até encontrar um pedaço da abóboda grande e pesado demais para ele. Fez tanta força para tentar mover o destroço que ficou com uma veia saltada no pescoço e os olhos vermelhos. As lágrimas despencaram quando uma dor forte no ombro ferido o impediu de continuar. Foi quando uma mão envelhecida surgiu em meio às ruínas acenando por ajuda.

Ei! – gritou uma voz sufocada. – Pegue uma alavanca e tire-nos daqui!

Empírico?

Rápido, garoto!

Guer olhou em volta buscando algo que pudesse usar. Encontrou uma barra de ferro que tinha feito parte da estrutura do teto e tentou deslocar um pedaço da abóboda destroçada com ela. Precisou de todo o peso do corpo para mover a peça e, com muito esforço, conseguiu liberar a face empoeirada do conselheiro. Empírico parecia estar com muitas dificuldades para respirar. Tinha caído sobre Liarlinde e os dois escaparam de ser esmagados por questão de milímetros. O velho só continuava vivo por um golpe de muita sorte. Os olhos eram a única parte de seu corpo que não estava coberta de pó.

Atrás de Guer, mais escravos surgiam a todo o momento para reforçar o exército inimigo e a guarda real começava a perder espaço. Era uma corrida contra o tempo.

Empírico? Como está a Lia?

Eu sei lá, trate de me tirar daqui!

O conselheiro ofegava e tinha o desespero nos olhos. Tentava, com as forças que lhe restavam, ajudar o garoto a mover o entulho.

Guer intensificou o trabalho, ignorando a batalha que se desenrolava a poucos metros dali. Transformara-se em uma máquina de tirar escombros. Depois de muito trabalho, quando tinha conseguido liberar o peito de Empírico, sentiu um tranco na camisa e foi puxado para trás. Estava pronto para brandir a espada contra o agressor, mas percebeu que quem o segurava era seu próprio pai. Lut erguera-o do chão e arrastava-o para longe.

Pai! – gritou Guer enquanto era carregado. – O que o senhor está fazendo? Eu preciso ajudar a Lia!

Lut não respondeu.

Isso é traição! Me larga!

A essa altura, apenas uma dezena de soldados mantinha os inimigos longe. Debaixo dos escombros, Empírico se debatia e gritava o nome do general. Guer tentava a todo custo esquivar-se do pai, em vão. Lut era forte demais para ele.

Vallunda! – berrou Empírico. – Volte aqui, seu maldito, nós temos um acordo!

Pode engolir sua Bula, velho! – Lut gritou de volta.

Guer continuava tentando liberta-se enquanto o pai corria com ele na direção oposta da batalha. Conforme se distanciava de Liarlinde, o garoto sentiu novamente as lágrimas escorrerem pelo rosto. E não era pelos dedos esfolados ou pelo ombro ferido que ele chorava.

Ela é minha noiva! – tentou como último argumento. – Eu amo a Liarlinde, pai, preciso salvá-la! Ela é nossa rainha!

Ela nunca foi rainha de nada. Encontraremos uma noiva melhor para você.

Essas foram as últimas palavras que Empírico ouviu antes de perder os sentidos.

V

Ela estava caindo em um túnel escuro e infinito, até que mergulhou em um lago. Afundava e afundava, embora tentasse voltar para a superfície, e a pressão sobre seu peito era enorme. Já estava quase desistindo de se debater quando, de repente, o peso diminuiu e ela sentiu-se tragada para fora. Sacolejou por algum tempo até que os sentidos foram ficando mais claros. Abriu os olhos.

Um monstro avermelhado a espancava sem piedade. Ah, não, era apenas Empírico, coberto de poeira, tentando despertá-la com tapinhas no rosto. Assim que a princesa olhou para ele, o velho levou o indicador aos lábios.

Não faça barulho – sussurrou. – Acha que consegue andar?

Liarlinde sentou-se com dificuldade. O pé esquerdo, inchado e roxo, estava doendo. Segundo Empírico, tinha ficado preso debaixo de um dos destroços da abóboda. Para piorar, a cabeça da princesa zunia e ela precisava fazer força para manter os pulmões funcionando.

Quando enfim conseguiu firmar a vista, não reconheceu o lugar onde estava. A única fonte de luz era um archote meio apagado, as paredes pareciam sólidas, hostis, e uma grade de ferro os impedia de sair.

Que lugar é esse, Empírico? – murmurou a menina.

O velho suspirou.

Se não estou enganado – disse –, este é um dos calabouços do palácio. Parece que os rebeldes estão preparando mais dois empalamentos para o próximo pôr do sol, se é que me entende. – Liarlinde pareceu horrorizada. – Ora, alteza, o que esperava? Uma coroação?

Empírico foi até as grades da cela e olhou ao redor. Depois voltou até onde Liarlinde estava caída e ofereceu um braço a ela.

Apoie-se em mim, vamos ver se a senhorita consegue se levantar. Não pretendo participar da festa.

Liarlinde aceitou a ajuda e tentou ficar de pé. A dor foi tão grande que a menina quase perdeu os sentidos. Empírico procurava manter-se firme, mas era difícil sem o seu cajado. Além disso, não estava muito bem. Tinha um corte enorme na cabeça, os braços cobertos de hematomas e respirava com dificuldade.

O que aconteceu? – murmurou Liarlinde. – Há quanto tempo estamos aqui?

Bem, o palácio não resistiu – começou Empírico. – Os rebeldes devem ter usado catapultas artesanais para acertar a abóboda e o teto desabou sobre nós. Na verdade, eu caí sobre a senhorita e uma viga caiu sobre mim. Eu podia tê-la esmagado, alteza, me desculpe. Agora me diga, a senhorita acha que consegue andar?

Liarlinde avaliou o pé inchado e tentou dar um passo. Caiu sentada com lágrimas nos olhos e fazendo um esforço enorme para não gritar. Era impossível caminhar sem apoio, aquele pé precisava de repouso absoluto.

Bom, terá que ser suficiente – murmurou Empírico para si mesmo enquanto avaliava as paredes da cela. – Consegui me livrar do carcereiro por algum tempo, disse a ele que exigia falar com o líder dos rebeldes. Por favor, avise-me se ele voltar.

Liarlinde notou que as canelas finas do conselheiro estavam de fora.

Empírico, seu manto está mais curto?

Ah, não foi nada, princesa. Apenas me avise se o carcereiro aparecer, sim?

Liarlinde aninhou-se em um canto, tentando se lembrar do que tinha acontecido, no entanto as imagens se misturavam e desapareciam antes que ela pudesse compreendê-las. Sua última recordação clara era a abóboda se despedaçando. Depois disso, só um branco incômodo. Ouvia alguns flashes da voz de Guer, mas não conseguia identificar o que o garoto dizia e sequer tinha certeza se havia ouvido aquilo ou se estava criando memórias.

O que aconteceu com Guer? Ele... Ele não mor...

Seria mais honrado se estivesse morto, princesa. Na verdade, ele fugiu. Lamento ter que lhe dizer isso. – Empírico continuava analisando as paredes do calabouço, pedra por pedra, nos mínimos detalhes. – Lut e o filho fugiram quando perceberam que a batalha estava perdida.

Fugiram... – Liarlinde não podia acreditar que Guer a deixara para trás.

Ao que parece, em busca de uma *noiva melhor* para o garoto, agora que a senhorita está temporariamente afastada do governo. Como se isso fosse possível... Eu ainda gritei para que os dois nos ajudassem, mas eles viraram as costas e foram embora. Sinto muito, alteza.

A menina sentiu o chão se abrir. Tudo o que ela amava se desfazia diante de seus olhos. Os pais estavam mortos, Guer a traíra e

Arcádia havia sucumbido a um bando de selvagens. A única coisa que lhe restava era o velho conselheiro. Logo ele, que ela tanto desprezara, mostrava-se agora seu único amigo.

Empírico sussurrou uma exclamação de contentamento quando encontrou o que procurava na parede. No mesmo instante, porém, os dois ouviram os passos do carcereiro, que retornava. Empírico sentou-se ao lado da princesa e pediu silêncio.

O general Ki está dormindo, não vai ouvir vocês agora – disse o soldado caracoliano.

Ah, jamais foi minha intenção perturbar o sono de beleza do senhor Ki.

General Ki, prisioneiro – ralhou o guarda.

Sim, claro, o *general* Ki. Acho que terei que esperar mais um pouco para ter minha audiência, então. Escute, será que o senhor não faria a gentileza de nos conseguir um pouco de água?

Não faço gentilezas para prisioneiros.

Claro que não, claro que não. Mas creio que Hyun Ki ficaria desapontado se viesse nos buscar para o empalamento e nos encontrasse mortos de sede.

O carcereiro revirou os olhos saltados e foi buscar uma moringa. Deixou um rastro de gosma brilhante pelo chão.

Fique atenta, princesa – sussurrou Empírico. – Vou precisar da sua ajuda.

O guarda voltou pouco tempo depois, derramando água conforme caminhava. Os caracolianos eram mesmo desajeitados. Parou em frente à cela e esperou Empírico vir buscar a moringa. O velho permaneceu sentado.

Então? Não vai se levantar?

Eu bem que gostaria, mas sem o meu cajado eu não consigo. E a princesa tem um ferimento terrível no pé. O senhor poderia escorregar a moringa pelo chão?

Ela não passa por baixo da grade, velho estúpido.

Nesse caso, será que o senhor poderia me emprestar o meu cajado?

O carcereiro bufou e foi buscar o objeto, que estava encostado em um canto do calabouço. Não era dos caracolianos mais inteligentes, o coitado.

Tome, velho.

Empírico ajudou o guarda a passar o cajado pelas grades e ficou de pé. Agradeceu veementemente pela gentileza e invocou as bênçãos dos deuses do Monte do Pavão sobre o caracoliano. Bebeu metade da água e deu o restante para Liarlinde. Quando foi devolver a moringa, porém, deixou-a escorregar entre os dedos. A argila se quebrou em pedaços afiados.

Olha o que você fez, seu idiota!

Mil perdões, senhor, tenho os dedos fracos. Deixe-me ajudá-lo com isso.

O soldado abaixou-se para recolher os pedaços que caíram fora da cela e deu a Empírico a oportunidade que ele esperava. Enquanto o carcereiro estava concentrado em reunir os cacos da moringa, Empírico pegou uma tira de tecido que estivera escondendo debaixo do manto, passou-a pelas grades na altura do pescoço do homem e puxou, com toda a força que tinha. Liarlinde percebeu o que estava acontecendo e arrastou-se para ajudar o conselheiro. Os dois seguraram a tira de pano por alguns segundos, enquanto o caracoliano se debatia e sufocava. Ele podia ser burro, mas era bastante resistente. Empírico já estava perdendo as forças, então precisou apelar para uma solução mais drástica. Esticou-se até alcançar uma das lascas da moringa no chão e rasgou o pescoço do caracoliano. O ser se debateu mais um pouco, enquanto sua garganta fazia barulhos esquisitos, e, aos poucos, foi deixando de oferecer resistência. Liarlinde e Empírico só o soltaram quando o carcereiro liberou uma gosma translúcida e parou de se mexer.

Assim que se deu por satisfeito, Empírico voltou à parede que estivera investigando e empurrou uma sequência de pedras até ouvir um clique à esquerda da cela. Cambaleou até lá e, com um pouco de esforço, deslocou um bloco de pedra. Então, a parede se abriu, revelando um buraco escuro que parecia levar a uma escada.

Vamos, princesa. Não devemos ter muito tempo antes que outro carcereiro apareça.

Empírico pegou seu cajado e ajudou a menina a se arrastar até a abertura. Liarlinde engatinhou escada acima enquanto o conselheiro fechava o buraco atrás de si antes de segui-la. Não se podia ver um palmo a frente do caminho estreito. Seguindo as orientações de Empírico, Liarlinde apenas continuou a subir. Um bom tempo depois, a passagem ficou mais larga e os dois chegaram a uma portinhola. Estava muito escuro, e Empírico precisou de alguns minutos para conseguir destrancá-la. Abriu-a com extremo cuidado e olhou em volta antes de arrastar-se para fora. A essa altura, todos já deviam estar sabendo da fuga e qualquer erro seria fatal.

Os dois caminharam cautelosos, apoiados um no outro, perscrutando a área com todos os sentidos em alerta. Para onde olhassem, a opulência e o vigor do palácio haviam desaparecido. A sala do trono, onde estavam agora, não passava de um monte de escombros espalhados entre pilhas de corpos. O piso reluzia, encharcado de um líquido vermelho e escorregadio. Liarlinde sentiu o estômago embrulhar.

O palácio estava imerso em silêncio. A julgar pelo sol, ainda era bem cedo, e a maior parte dos soldados inimigos devia estar descansando da noite anterior. Com o máximo de cuidado, Empírico e Liarlinde arrastaram-se em direção a uma pintura manchada de espirros de sangue, que um dia fora um lindo retrato de Micanor e Adélia. Era por ali que o velho pretendia escapar quando a abóboda ruiu.

Empírico perscrutou a moldura do quadro até encontrar uma maçaneta oculta. Ele tateou um dispositivo dourado todo gravado com símbolos em marciano arcaico e girou-o até que as figuras se encaixassem. Sorriu ao ouvir a fechadura destravar. Infelizmente, alguém passara tempo demais sem lubrificar aquela porta, que rangeu alto quando o conselheiro tentou abri-la. No mesmo instante, a dupla de fugitivos ouviu passos se aproximando da sala do trono. Não demorou para um sentinela serpentino aparecer.

Ei, vocês aí! – gritou ele. – Parados onde estão!

Nem Liarlinde nem Empírico estavam inclinados a acatar a ordem. A princesa foi a primeira a entrar no corredor que surgira atrás do quadro, o velho cambaleou logo atrás. Ele estava quase fechando a porta quando um baque do outro lado por pouco não o derrubou. O serpentino se lançara contra eles e agora impedia com a ponta do pé que a porta batesse.

Aonde vocês pensam que vão? – sibilava. – Voltem aqui, fugitivos de uma figa! Voltem e lutem, seus covardes!

Empírico e Liarlinde concentraram-se em impedir que o soldado os derrubasse. Quando uma fresta maior se abriu, o conselheiro aproveitou para enfiar os dedos com toda a força nos olhos do inimigo. O serpentino cambaleou por um momento e foi o suficiente para que Empírico e Liarlinde batessem a porta. Agora os dois estavam trancados por dentro e podiam respirar aliviados, pelo menos por algumas horas.

Venha – arfou o velho. – Precisamos estar longe antes que ele volte com reforços. Certamente tentarão pôr esta porta abaixo.

Os dois tornaram a apoiarem-se um no outro e seguiram pelo corredor, de novo imersos na escuridão. Embora alguém tivesse tido o cuidado de posicionar diversas tochas ao longo da passagem, conforme Liarlinde descobriu quando bateu a cabeça em três delas, a mesma pessoa se esquecera de providenciar um modo eficiente de acendê-las. De qualquer forma, Empírico preferia caminhar no escuro.

Onde vai dar essa passagem? – indagou a princesa depois de alguns minutos de caminhada.

Fora daqui, muito longe dos muros de Arcádia.

Você está nos levando para o meio do deserto?!

O sobressalto da menina era compreensível. Embora hoje, para um humano terráqueo, Marte pareça ser desértico de um polo a outro, os habitantes do mundo vermelho sabiam que não era bem assim. Onde as cidades estavam assentadas, havia diversas galerias subterrâneas que iam buscar água nas profundezas do planeta. Em regiões desabitadas, no entanto, ninguém tinha se dado ao trabalho de cavar. Isso tornava a tarefa de encontrar água um pouco difícil. Não, quase impossível. Melhor dizer impossível, que era a verdade que Empírico queria negar. Ele provavelmente os estava levando para a morte, mas preferia sucumbir de sede no meio do nada a ser empalado em Arcádia, o que era bastante razoável.

Só precisamos chegar a algum reino amigo, princesa.

Ah, só isso? Você sabe que o reino mais próximo fica a cinco dias de viagem a ***pirofante***, não sabe, Empírico? E nós estamos a pé. E feridos. Essa é realmente a sua melhor ideia?

Esta é a nossa única saída, alteza. Procure se acalmar, os deuses do Monte do Pavão irão nos proteger. Eles apoiam as causas justas. Ainda chegará o dia em que a senhorita retomará o que é seu por direito.

Liarlinde e o conselheiro não trocaram mais nenhuma palavra durante as horas seguintes. Embora o caminho fosse relativamente curto, a dupla avançava tão devagar que a viagem se estendeu por muito mais tempo do que o normal. Não era fácil caminhar na escuridão completa, ainda mais na situação em que eles se encontravam. Ambos estavam exaustos, doloridos e sujos. O pé machucado da princesa já tinha quase dobrado de tamanho. Os dois precisaram fazer várias paradas para descansar e a todo o momento checavam se não estavam sendo seguidos.

Liarlinde só notou a corrente de ar quando o vento balançou seus cabelos. Pouco tempo depois, chegaram à saída. Mais uma vez, Empírico girou alguns símbolos até a tranca ceder, e quando abriu o portão de ferro maciço, ele e a princesa foram açoitados por uma paisagem hostil ao extremo. Para onde quer que olhassem, só havia uma vastidão de terra vermelha. Ao longe, conseguiam vislumbrar o que restara dos muros de seu antigo reino. Arcádia... Agora estavam fora da segurança da cidade, sozinhos no deserto e à mercê de qualquer coisa.

Para piorar, fazia um frio terrível e, na pressa da fuga, os dois tinham saído apenas com a roupa do corpo. A menina usava um vestido robusto, meias grossas e uma bota forte (a outra ela havia tirado por causa do ferimento no pé), mas Empírico estava apenas enrolado em seu manto tradicional, desfalcado da tira que ele usara para matar o carcereiro. O queixo do velho batia, assim como um leve arrependimento também. Talvez devessem ter ficado em Arcádia e aceitado as consequências. Ali, estavam desamparados. Liarlinde desabou sobre um montinho de areia.

Foi bom te conhecer, Empírico, mas acho que a gente não vai durar muito tempo.

O velho torceu o nariz.

Não diga besteiras, princesa. Quando o sol nascer, retomaremos nossa caminhada e logo estaremos a salvo.

Você ao menos sabe para que lado andar?

Quando o sol nascer, teremos a direção.

Liarlinde olhou para as estrelas e lembrou-se do que Guer dissera sobre Micanor e Adélia estarem com elas. Devia ser só mais uma das mentiras que ele inventara, como quando disse que a amaria para sempre, por exemplo. Se a amasse, não teria fugido feito um covarde em vez de tentar ajudá-la, teria?

Lá no alto, Deimos e Fobos, as duas luas de Marte, continuavam sua dança diária. Empírico dizia com frequência que Fobos estava cada vez mais perto e que, talvez, em alguns milhões de anos, chegasse a se chocar com o planeta. Liarlinde sempre achou que era só mais uma das paranoias do velho. De qualquer forma, mesmo se Empírico, que sempre fora dado a observar os céus, de fato soubesse se orientar pelo sol, as chances daquela dupla de inválidos conseguir chegar a um lugar seguro eram mais remotas do que as de a profecia sobre a lua estarem certas.

Se a princesa não se importar – disse Empírico, tiritando de frio –, poderíamos passar a noite mais perto um do outro. A nossa única fonte de calor somos nós mesmos.

Liarlinde olhou para o conselheiro. Ele estava em frangalhos, ensanguentado e sujo. Os braços descarnados tremelicavam, seminus. Aquela não seria a melhor noite da vida de nenhum dos dois. Entretanto, se passassem por ela, talvez tivessem uma chance de sobreviver.

VI

Liarlinde despertou com os primeiros raios de sol. Durante a noite, o vento soprara uma espessa camada de areia sobre ela e Empírico, que, para horror da menina, ainda tinha os braços ao redor dela. A princesa afastou-se na mesma hora, incomodada com a proximidade, e fez força para se levantar. Seu pé continuava muito inchado, era impossível apoiá-lo no chão, e a fome parecia devorá-la de dentro para fora. Ouviu seu estômago roncar solenemente. Deitado na areia, Empírico também roncava.

Liarlinde cutucou-o com a ponta do sapato. O conselheiro demorou um pouco para abrir os olhos e gemeu como um **suíno de chifres** no matadouro para se sentar. Ele conseguia sentir todos os ossos do corpo e cada um deles, por mais minúsculo que fosse, doía. Levantou-se apoiando o peso no cajado da sabedoria, que não o fez sábio o suficiente para manter uma distância mínima de Liarlinde ao desejar bom dia. O bafo do velho entrou pelas narinas da garota e deu-lhe ânsias de vômito. Liarlinde torceu o rosto em uma careta, embora ela própria não cheirasse exatamente como uma princesa.

Pois bem – começou a menina após certificar-se de que estavam a uma distância segura um do outro. – Sobrevivemos a uma noite no deserto. O sol está no céu. Para que lado vamos?

Empírico fechou o semblante e começou a apontar os braços em várias direções. Devia estar fazendo aquela coisa de descobrir onde estavam os pontos cardeais. Ele ensinara isso a Liarlinde em uma de suas aulas, mas a menina não lhe dera muita atenção. Por que raios uma rainha precisaria saber onde ficava o norte? Naquela época, ela pensava que isso era coisa para guerreiros, como Guer. Guer...

Devemos caminhar na direção dos Montes Erebus. Nossa salvação seria encontrarmos uma vila pelo caminho. A verdade é que jamais chegaremos a outro reino a pé. São quilômetros demais para pessoas nas nossas condições.

E se encontrarmos uma vila de selvagens?

Princesa – suspirou o velho. – Onde está a sua fé? Às vezes parece que não lhe ensinei nada!

Os dois voltaram a se apoiar um no outro e começaram a caminhada. Evitavam falar, tanto por causa dos odores quanto pelo desgaste físico. Fazia muitas horas desde que Liarlinde saboreara sua última refeição e ela nunca tinha sido submetida a tanto tempo de jejum, quanto mais em circunstâncias tão adversas. Se não fosse pela água que arrancaram do carcereiro, provavelmente ela e o conselheiro já estariam mortos.

Os minutos se somavam e, além do vazio no estômago, a princesa começava a experimentar uma estranha tontura. A perna boa que lhe restava também estava dando sinais de cansaço depois de tanto tempo sustentando o corpo sozinha.

Empírico e Liarlinde tinham que parar a cada meio quilômetro para descansar. O sol só fazia subir, elevando a temperatura para insuportáveis 704ºQ[2]. A princesa suava debaixo do vestido, os cabelos grudavam na testa. E, embora Empírico tentasse mostrar-se forte, era óbvio que também não aguentava mais de sede e estava morto de fome e cansaço. O pior era que não havia a menor perspectiva de melhora. Olhando em volta, a dupla só via areia e mais areia. Às vezes, algumas pedras. Tinham pela frente uma caminhada de centenas de quilômetros até os Montes Erebus e a cada minuto que passava ficava mais claro que eles jamais chegariam sequer perto de lá. Acabariam mortos e enterrados naquele deserto.

Quando o sol tornou a baixar, os delírios de Liarlinde começaram. Ela e Empírico tinham parado para descansar mais uma vez. Já fazia tanto tempo desde que a menina bebera seu último copo de água que a cena parecia ter acontecido no período Noachiano, quando Marte ainda era só um monte de crateras.

Deitada no chão, por um momento Liarlinde vislumbrou no céu uma grande massa de água. Como se fosse o lago onde ela nadava com Guer, mas maior, muito maior. Desejou apenas que pingasse uma gotinha daquela água em seu rosto, que a aliviasse da poeira que tanto pinicava. Como era de se esperar, nada aconteceu e ela se viu chorando feito um bebê. Empírico tentou consolá-la, mas Liarlinde não permitiu. Era culpa dele estarem ali. O velho deveria tê-la deixado morrer no palácio, junto de seu povo. Ao invés disso, forçava-a a uma caminhada infinita em um ambiente inóspito.

---

2 A escala Qerthun foi definida pelo primeiro conselheiro do reino de Mihiri, Qerthun Opus, que, como todos os conselheiros, usava este sobrenome. 704 ºQ correspondem a cerca de 15ºC, em medidas terráqueas.

A menina mancou para longe do conselheiro e caiu sobre um montinho de areia. Tremia, soluçava. Pensou nos pais, na vida que levara até o fatídico dia da invasão de Arcádia. Viu que era feliz e não sabia. Quis estar numa arena de batalha almofada de novo, rir com Guer, esquecer o fato de que ele e o pai eram traidores covardes. Guer... Só agora ela percebia o quanto havia gostado dele. Gostar era pouco. Ela o amava de todo o coração. Ele era o seu melhor amigo, seu noivo, a única pessoa em quem confiava, além dos pais. Pelo menos antes de ele abandoná-la.

Às vezes Liarlinde passava tardes inteiras imaginando como seria quando se casasse. O vestido de noiva, a suíte nupcial. Chutava que Guer seria um marido excelente, porque eles adoravam conversar e passar o tempo juntos. Quando ela se tornasse rainha, Guer seria o chefe supremo do exército, comandaria até o próprio pai. Ele exultaria, transbordaria de alegria, e ela ficaria feliz só de vê-lo assim. À noite, dormiriam nos braços um do outro, aconchegados e felizes.

Ela não se casaria com mais ninguém no mundo, e isso nunca fora tão verdadeiro como naqueles momentos em que sua vida parecia por um fio.

Liarlinde estava prostrada. Física e emocionalmente. Enterrou as mãos na areia e apertou forte. Precisava descontar tanta frustração em alguma coisa. Apertou e apertou aqueles montes de areia até que sentiu uma coisa molenga. Achou que tivesse se ferido. Ótimo. As coisas já estavam tão boas, só faltava um corte aberto para infeccionar. Limpou os olhos no vestido e analisou a mão. Tinha um bicho esmagado nela.

Argh! Empírico! Argh!

O velho coxeou até ela o mais rápido que pôde.

O que houve, princesa? – perguntou com preocupação.

Uma coisa nojenta, tira, tira!

A menina ofereceu a mão ao conselheiro, que raspou os restos do bicho. De repente, os olhos do homem se iluminaram e, em vez de jogar a gororoba fora, ele a engoliu com gosto. Antes que Liarlinde achasse estômago para protestar, o velho remexia a areia em busca de mais daquela preciosa iguaria.

É tatuzinho de areia vermelha! – chorava Empírico transbordando de alegria. – Estamos salvos!

Breve nota sobre os tatuzinhos de areia vermelha

Se você teve a bondade de ler o prólogo deste livro, já sabe que os tatuzinhos de areia vermelha são capazes de captar a luz do sol e transformá-la em íons de ferro, que ficam aglomerados em pequenas bolinhas (seus cocôs). Sabe, também, que eles são a base da cadeia alimentar marciana.

Os tatuzinhos de areia vermelha não são, de forma alguma, apreciados por outros animais que não os luminários pisca-pisca e os besouros de asa preta. A não ser, é claro, que estes outros animais estejam morrendo de fome, como era o caso de Empírico. Assim sendo, a carne amarga e borrachenta dos tatuzinhos pareceu ao conselheiro algo comparável ao néctar de uma suculenta mangala.

Breve nota sobre as mangalas

As mangalas eram uma espécie de fruto de cor preta muito apreciadas em Marte. Tinham um sumo adocicado que atraía quase todos os animais do planeta, mas era necessário ter muito cuidado com elas, pois, se comidas quentes, causavam um sério desarranjo intestinal.

Liarlinde fez todas as caretas que conhecia ao provar o primeiro tatuzinho. Por um momento, recusou-se a comer outro. Quando viu que a fome era maior do que o nojo, imitou Empírico e dedicou-se a cavar em busca de mais.

Foi um banquete. Cada um deve ter comido cerca de dez tatuzinhos, que eram bichinhos de uns cinco centímetros de comprimento e bem rechonchudos. Depois de algum tempo, Liarlinde achava até engraçado levá-los aos lábios, com as patinhas remexendo como se ainda estivessem cavoucando a areia, e ficar sentindo as cócegas que faziam. Quando lhes arrancava a cabeça, um sumo geladinho escorria pelo queixo, o que aplacou um pouco da sede também.

Os dois guardaram alguns tatuzinhos para mais tarde e se prepararam para mais uma noite de sono. Agora que haviam descoberto uma fonte abundante de alimento, parecia que as coisas iam dar certo. Embora não achassem provável conseguirem chegar a algum reino, as chances de encontrarem uma vila no meio do caminho aumentavam.

Liarlinde teve uma noite conturbada. Sonhou que Adélia e Micanor não haviam morrido, que melhoraram da gripe e continuavam a reinar sobre Arcádia. Os três riam juntos, reunidos na sala do trono, conversando como não faziam havia muito tempo. A menina acabara de sentar-se no colo do pai, contando a ele como tinha sentido sua falta, quando sons de guerra indicaram a invasão do palácio. Desta vez, porém, Guer voltava para buscá-la, apenas para abandoná-la no deserto mais tarde.

O sonho era tão real que a princesa quase podia sentir o calor escaldante, a pele pinicando sob a areia como se fosse explodir. Respirar era difícil, pesado, a garganta estava fechando. A areia entrava por todas as cavidades da face, ela se afogava. E, para seu desespero, descobriu que a coisa toda era pior do que um simples pesadelo.

Quando despertou, Liarlinde não podia se mover direito e mal foi capaz de abrir os olhos, embora tentasse com muita força. Estava, de fato, sufocando, não era só um sonho. Tentou falar, mas a língua parecia ocupar toda a sua boca. Conseguiu apenas emitir alguns grunhidos, que mal se sobrepunham aos roncos de Empírico. A menina não sabia o que estava acontecendo e o pânico começou a tomar conta dela. Encharcou o rosto de lágrimas e engasgou com as secreções que não conseguia engolir. Somente quando entrou em uma crise de tosse, conseguiu acordar o conselheiro. Empírico saltou para o lado assim que viu o estado da princesa.

Pelos deuses! O que aconteceu com a senhorita?!

Liarlinde estava inchada e vermelha. Os olhos não abriam mais do que alguns milímetros, os lábios haviam dobrado de tamanho e a língua pendia para fora, flácida e enorme. Quando o conselheiro tentou tocá-la, a menina grunhiu de agonia.

Empírico andava de um lado para outro recitando rezas. Era o melhor que podia fazer pela princesa, já que não tinha um antídoto. Teria que esperar o tempo fazer seus milagres, na esperança de que a menina resistisse. Ele sabia o que estava acontecendo, mas, como sempre, não tinha coragem de dizer. Era evidente que Liarlinde desenvolvera uma reação alérgica ao sumo do tatuzinho de areia vermelha. Os dedos da menina estavam tão grandes que pareciam linguiças, embora Empírico não soubesse disso, já que não havia linguiças em Marte. Era uma figura triste de se olhar. O rosto deformado nem de longe lembrava as feições da princesa.

O conselheiro ainda tentou levantá-la algumas vezes, mas Liarlinde sempre resmungava e chorava ao ser tocada. Assim, passaram o dia sentados no mesmo lugar onde haviam dormido, sofrendo com o sol forte e o medo de que a garota sucumbisse a qualquer momento. Liarlinde respirava com dificuldade enquanto via sua vida toda passar diante de seus olhos. Sabia que não duraria muito naquelas circunstâncias. Chegou a rezar aos deuses do Monte do Pavão, e até a Jesus Cristo, pedindo clemência. No fundo, já não tinha mais esperanças. Queria apenas encontrar os pais depois que tudo estivesse terminado.

Quando tudo ficou escuro, a menina pensou estar atravessando o longo túnel da morte. Na verdade, era apenas o cansaço que a vencia. Horas de uma vigília preocupada se passaram até que Empírico também sucumbiu ao sono.

O conselheiro acordou com dois cutucões na cabeça. Sorriu antes mesmo de abrir os olhos. A princesa devia ter melhorado, e já recuperara a falta de respeito por ele. Suas orações haviam sido atendidas! Assustou-se ao perceber que era observado por uma dupla de serpentinos. Um macho e uma fêmea.

Empírico levantou-se depressa e brandiu o cajado da sabedoria contra os estranhos como se empunhasse uma espada. Os serpentinos, armados e muito mais fortes, limitaram-se a rir.

Perdido no deserto, velho? E o que é esta coisa que está carregando?

O serpentino apontou para Liarlinde com ar de curiosidade. De fato, a garota mal lembrava um ser humano.

Mais respeito, senhores! – reclamou Empírico. – É de uma princesa que estão falando.

Princesa? – a serpentina aproximou-se de Liarlinde e chutou-a de leve com a ponta da bota. – Se isto é uma princesa, eu sou a rainha de Marte. Seja o que for esta coisa, pode servir de escrava para o bando. Se ela não servir, você serve, velho. Esses gravetos que você chama de braços ainda podem quebrar muita pedra. Andem, vocês vêm com a gente.

Empírico fincou os pés onde estava.

Não sei se notaram, bestas sem coração, mas a princesa não está em condições de andar.

Deixamos ela aqui, então – disse o macho. – Já ficamos fora muito tempo, Zvlav deve estar perdendo a paciência.

Já disse que sem a princesa eu não vou a lugar algum!

A pancada na boca foi tão forte que os incisivos centrais do conselheiro voaram a cerca de três metros de onde ele estava, deixando um rastro de sangue no caminho.

Não sei se você conhece o conceito de escravo, velho, mas é o que você é agora – sibilou o serpentino. – E escravos costumam ficar bem caladinhos. Não se preocupe, vamos levar a sua princesa. No mínimo vai dar um belo cozido para o pessoal.

E assim, mesmo a contragosto, Empírico e a desacordada Liarlinde foram obrigados a seguir viagem.

VII

A primeira sensação que a princesa teve ao despertar foi a de que estava coberta por um óleo pegajoso. Pouco a pouco, começou a se dar conta de onde estavam suas pernas, mãos, braços, enfim, tudo o que parecera perdido antes de ela desmaiar. Abriu os olhos.

Estava deitada em uma superfície dura, sob a proteção de uma espécie de tenda. Um tecido marrom muito espesso fazia as vezes de teto e parede, abrigando a menina da luz e do calor do sol. Das vigas que sustentavam a barraca, pendiam panelas de barro, correntes e grossos cordões de vegetais secos. A atmosfera do lugar era abafada pelo cheiro de temperos misturados. Liarlinde conseguiu erguer a cabeça o suficiente para olhar em volta. Queria certificar-se de que não estava sendo preparada como refeição para alguma tribo primitiva.

Enquanto tentava refrescar os últimos acontecimentos na memória, uma figura borrada surgiu em seu campo de visão e tocou-lhe o braço. Foi um toque engraçado, quase fazia cócegas, como se tatuzinhos da areia vermelha estivessem andando sobre ela. Quando se certificou de que a menina estava acordada, o estranho que a tocara correu para fora da tenda.

Liarlinde sentou-se. Deuses, onde será que ela tinha ido parar? Sentiu a cabeça pesada, os sentidos oscilando. Mal conseguia focar a vista. Notou que alguém enfaixara seu pé machucado e a cobrira com aquele tal óleo fedorento. Estava nua sob as cobertas, suas roupas haviam sido lavadas e secavam penduradas em um canto da barraca. Lá fora, distinguiu um burburinho, como se um grupo grande estivesse reunido. Que grupo, ela não fazia ideia.

A princesa escondeu o corpo enrolando-se em um cobertor. Teve certa dificuldade para fazer isso, pois seus dedos pareciam grandes e lentos. A barriga roncou alto, a garganta queimava e Liarlinde percebeu que não se lembrava da última vez em que comera uma refeição de verdade. Com alguma força de vontade, conseguiu levantar da cama improvisada onde estivera repousando.

Esquadrinhou o ambiente em busca de algo para beber. Ao lado da cama, encontrou uma tigela cheia de água. Por um segundo, a menina pensou que fosse chorar. A sensação terrível de ter sede sem qualquer perspectiva de encontrar água ainda estava bem marcada em sua memória.

Quando se inclinou sobre o líquido, vislumbrou o reflexo do próprio rosto. Estava horrível. O lado esquerdo parecia bem maior do que o direito, os lábios e os olhos estavam inchados. Também tinha feridas onde a pele, de tão esticada, acabara arrebentando. Mesmo assim, ela se sentia muito melhor do que quando fora resgatada. Alguém tinha cuidado dela, salvado sua vida.

Liarlinde ensaiava palavras de agradecimento ao seu salvador quando um lado da tenda se ergueu e dois seres repugnantes entraram. Tinham cinco braços, milhares de pezinhos e estavam vestidos em farrapos. Ou melhor, vestidas. Pareciam fêmeas, uma alta e gorda, a outra magra, de expressão dura. Olhavam para ela com curiosidade enquanto conversavam entre si em um idioma incompreensível. A gorda se aproximou, fazendo com que a princesa recuasse até a cama e agarrasse uma das correntes que pendiam do teto.

Fiquem longe de mim, aberrações! – gritou Liarlinde enquanto brandia a corrente. – Sou a princesa Liarlinde Arcandoff de Arcádia e exijo falar com seu superior!

Você tem que deitar, você está muito fraca – disse a estrelata que se aproximara dela. – Nós vamos cuidar de você – e deu mais um passo em direção a Liarlinde, os braços estendidos em posição de apaziguamento.

A menina ficou com vontade de vomitar quando percebeu que as cócegas que sentira minutos antes tinham sido causadas pelos pezinhos daquela escrava asquerosa tocando sua pele. Que audácia!

Eu estou avisando, hein! – gritou a princesa. – Se encostar em mim, morre!

A estranha tornou a se aproximar, cautelosa, e Liarlinde bateu nela com a corrente, arrancando uma lasca de pele. A outra estrelata, que até então esperava à porta, envolveu a amiga nos braços e fitou Liarlinde com ódio.

Ingrata! – rosnou. – Ela cuidou de você e você faz isso! Nós deveríamos ter te cozinhado!

Eu gostaria de ver vocês tentarem, aberrações!

Não gritem! – interrompeu a estrelata que Liarlinde havia ferido. Ela limpou as mãos ensanguentadas no avental que trazia preso ao corpo. – A menina também é escrava de Zvlav. Vamos avisar que ela acordou e ele nos dirá o que fazer.

Como a outra não se mexia, acrescentou:

Venha, Midori. Agora.

A estrelata ainda encarou Liarlinde por alguns segundos antes de seguir a amiga.

Não demorou muito e um serpentino apareceu para buscar a menina. Tinha a carapaça grossa e úmida comum à sua raça, estava armado e parecia incapaz de manter aquela linguinha bifurcada dentro da boca. Ele esboçou um sorriso irônico.

Olha só quem escapou de virar guisado! – zombou. – Vista-se, garota, mestre Zvlav quer vê-la.

Liarlinde sentou-se na cama e fitou-o com ar de superioridade.

Esperarei por seu mestre aqui, serpentino insolente. E diga àquelas duas estrelatas que não quero mais ninguém entrando em minha tenda sem permissão. Isso inclui você.

Sua tenda? – ele riu. – Pelos deuses, onde fui arranjar escravos tão cheios de vontades? Escute aqui, garotinha: se não vai se vestir, então vamos assim mesmo.

Ele agarrou Liarlinde com as mãos ásperas e jogou-a por cima dos ombros, ignorando os protestos da menina. A princesa atravessou todo o acampamento, que parecia ter mais de mil barracas, sem nada para esconder o corpo além de uma coberta. Os dois seguiram até uma grande tenda, em volta da qual diversos seres montavam guarda. Assim que entraram, Liarlinde foi jogada ao chão em frente a um trono improvisado.

A nova escrava, mestre – anunciou o serpentino com uma mesura.

Obrigado, Salanur.

Liarlinde tentava esconder as vergonhas expostas puxando sobre si a coberta, que havia se desenrolado quando o serpentino a jogou ali. A menina estava no centro da tenda, diante de vários humanos e serpentinos, a maioria do sexo masculino. O tal mestre a quem Salanur se referia era um homem de pele morena, como Guer, mas de cabelos claros e compridos. Cada braço dele lembrava uma coluna do palácio real de Arcádia e suas cicatrizes mostravam que ele gostava de uma batalha. Apesar da força, tinha a voz mansa, parecia gentil. Liarlinde mudou de ideia quanto a isso no momento em que ele se dirigiu a ela.

Atara Lin me contou que você bateu nela com uma corrente – começou o homem. – Escute aqui, garota, não tolerarei intrigas entre os meus escravos, entendeu? Já tive a bondade de impedir que a transformassem em almoço e de lhe conceder tratamento, mas não abuse da minha tolerância.

O senhor meça suas palavras! – respondeu a menina, agora de pé. – Não sei que imundície de bando misto é este, mas exijo o respeito que minha posição prevê. Sou a princesa Liarlinde de Arcádia, herdeira do trono e a legítima soberana do povo árcade.

Ao que me consta, seu reino não existe mais, ninguém está disposto a pagar seu resgate e você teria morrido no deserto se não a tivéssemos encontrado. Não está em posição de fazer exigências. Você agora é escrava do meu bando de mercenários, vai servir com gratidão e obediência, ou então será jogada de volta ao deserto. Não pretendo repetir o que estou dizendo agora, então espero que tenha entendido bem.

Liarlinde sentiu o ódio queimar na garganta. Daria tudo por uma espada, pelo prazer de aplicar naquele mercenário folgado um dos golpes que Guer lhe ensinara. Infelizmente, o tal de Zvlav estava certo. Ela não era mais princesa de coisa nenhuma. Não passava de uma garotinha deformada feita escrava no deserto.

Salanur – disse Zvlav voltando-se para o serpentino –, arranje umas roupas para esta menina e depois deixe-a aos cuidados das estrelatas. Quanto a você, princesinha, não quero ouvir mais reclamações, entendeu? Agora suma daqui.

Os dedos frios de Salanur voltaram a envolvê-la, mas, desta vez, Liarlinde não ofereceu resistência. Recebeu alguns trapos com os quais deveria vestir-se e foi levada de volta à barraca onde despertara. Suas roupas haviam desaparecido, bem como qualquer esperança de sair daquela situação. Em um espaço de dias, ela tinha perdido tudo. Agora era órfã, escrava e estava sozinha no mundo. Nem o inútil do Empírico ela sabia por onde andava.

Teve cerca de dez minutos de paz antes que a estrelata gorda que ela havia agredido viesse buscá-la. A criatura não parecia chateada. Sentou-se na outra ponta da cama e olhou para Liarlinde com piedade. A garota odiava ser objeto de pena, mas não conseguiu esboçar reação. Algo nela havia se quebrado.

Vamos começar de novo? – disse a estrelata. – Meu nome é Atara Lin, mas pode me chamar só de Atara. Faz três anos que pertenço ao clã de Zvlav – ela apontou para os temperos na tenda. – Sou uma das cozinheiras do bando. E você, quem é?

Eu... Não sei mais... – balbuciou a princesa, e caiu em um choro profundo.

Atara fez menção de se aproximar, mas recuou ao ver que Liarlinde parecia ter medo dela. A menina era insolente e abusada, e mesmo assim a estrelata sentia que, por trás daquela petulância, estava apenas uma garotinha assustada.

Escute – disse ela. – Sei que as coisas devem estar parecendo horríveis, mas procure ver pelo lado positivo. Você poderia ter morrido no deserto, no entanto deu a sorte de ser salva pelo maior e melhor bando de mercenários do planeta. Não se preocupe, ser escrava de Zvlav não é nada parecido com ser escrava de um reino. Às vezes eu até me esqueço de que não sou livre.

Liarlinde continuava chorando, incapaz de responder que aquelas palavras não eram consolo algum.

Vou deixar você descansar hoje – continuou a estrelata. – Você ainda não se recuperou completamente da alergia e o trabalho pode esperar até amanhã. Se precisar de alguma coisa, estarei cozinhando lá fora, tudo bem?

A princesa deitou-se encolhida sobre a cama dura e virou de costas, soluçando. Ouviu a outra deixar a tenda e salivou quando um cheiro delicioso de guisado lembrou-a do quanto estava faminta, mas nem assim foi capaz de se levantar. Acabou dormindo e sonhando com Guer e os pais.

VIII

Ande logo com as cabeças de marbulha, princesinha, temos muita sopa para fazer.

Havia duas semanas que a caravana levantara acampamento. Liarlinde fora designada para a cozinha, onde ela e outras escravas, sob a supervisão de Atara e Midori, preparavam as refeições para o clã de Zvlav. O serviço nunca acabava, e os dedos da menina já estavam em carne viva de tanto cortar as malditas marbulhas. Elas faziam os olhos lacrimejarem com seu sumo ácido e tinham um cheiro que grudava nas mãos por dias.

Midori vigiava tudo com sua habitual carranca, certificando-se de que cada prato saísse perfeito. Se algo não estivesse do agrado de Zvlav, ela seria a castigada. Tomava especial cuidado com Liarlinde, e fazia questão de dar à menina as piores funções dentro da cozinha. A garota tinha que cortar marbulhas, depenar e tirar as tripas dos animais e ajudar na limpeza. Quando não estava cozinhando, era obrigada a recolher o cocô das gaiolas e esfregá-las até que estivessem brilhando.

Atara era mais gentil. Estava sempre sorrindo e tentando animar a princesa, mas a menina tinha virado uma concha. Só falava o necessário e procurava manter-se fora do caminho, obedecendo às ordens de Midori sem reclamar. Seu silêncio, no entanto, estava longe de significar resignação. Quem a olhasse nos olhos, veria o ódio queimando.

Liarlinde sentia a mudança acontecer dentro de si dia após dia. Já não tinha mais as mesmas ilusões de antes. Não acreditava que alguém a veneraria apenas por ela ser quem era. Aprendera que respeito é conquistado ou imposto, mas nunca gratuito. Sentia muita falta dos pais e chorava por não ter sequer uma pintura dos reis consigo. Morria de medo de se esquecer das feições deles, e isso a desesperava a tal ponto que às vezes mal podia respirar. Nessas horas, saía da cozinha em prantos e ia encontrar um lugar reservado para soluçar. Não demorava muito, Midori vinha atrás dela, dizendo que, se a princesa não aguentava o sumo das marbulhas, não deveria ter se deixado capturar. Agora era escrava e ia fazer sopa, querendo ou não.

Naquela noite, em especial, a saudade estava borbulhando no peito da garota. Liarlinde queria voltar no tempo, fechar os olhos e retornar para uma época em que Arcádia estivesse intacta e ela ainda fosse apenas uma princesa feliz em seu reino. O tempo, porém, era outro que não dava a mínima para as vontades dela, e continuava seguindo em frente sem piedade. Era impossível desfazer o que estava feito, e a menina começava a perceber que só lhe restava a reparação. A vingança. Esta era a lição mais dura que ela estava aprendendo ali.

O céu estava estrelado. Um vento mais forte em algum lugar devia ter limpado a atmosfera. Tornara-se um hábito da menina observar as estrelas depois do trabalho. Gostava de imaginar que Adélia e Micanor estavam ali, em algum lugar, olhando por ela, como Guer tinha dito na noite em que se beijaram. Precisava acreditar que não estava só.

De onde se encontrava, no alto de uma colina, podia ver todo o exército de Zvlav. As tendas se espalhavam a perder de vista. O grupo seguia para Belamarte, onde o rei estava tendo problemas com alguns serpentinos rebeldes e chamara o bando para aplacar a rebelião. Se Liarlinde ainda tivesse alguma riqueza, poderia oferecê-la a Zvlav em troca de ajuda para retomar Arcádia, mas estava falida até o último centavo. Seu único pertence era o vestido surrado que Atara gentilmente cosera para ela.

Pelo menos estava viva. Ali, deitada na areia, lembrou-se da agonia dos dias perdida no deserto, quando teve que se humilhar ao ponto de comer tatuzinhos, o mais baixo na escala da nutrição. Podia estar um caco, podia não ter outra vontade senão unir-se para sempre às areias, no entanto ainda tinha sua vida.

Estava perdida nestes pensamentos quando alguém lhe deu um cutucão na cabeça.

Como ousa? – rosnou a princesa enquanto se levantava. – Quem você acha que é para bater em mim assim?

Quem *você* acha que é para reclamar de alguma coisa, escrava?

Liarlinde quis cuspir no rosto daquele insolente, mas soube, assim que reparou em suas feições, que não deveria fazê-lo. Os cabelos loiros e lisos, a pele morena, aquele garoto só podia ser Metvel, o filho de Zvlav.

O que está fazendo tão longe do acampamento? – perguntou o rapaz. – Você tem cara de idiota, mas até os idiotas sabem que não têm permissão para sair de perto do grupo.

Ter cara de idiota ajuda a confundir o inimigo.

Metvel coçou a penugem, que ele, do alto de seus seis anos e meio, gostava de chamar de barba. Olhou para Liarlinde com desprezo.

O que você sabe sobre inimigos? – perguntou. – Você não é aquela incompetente que não conseguiu nem manter o próprio reino? De princesa a escrava, que vergonha, hein? Seus pais devem estar se revirando na tumba.

Como eu disse – sibilou Liarlinde –, melhor parecer idiota do que ser uma.

Com essas palavras, desferiu um golpe certeiro no rosto do herdeiro do clã de Zvlav. Machucou os dedos ao fazê-lo, mas não se arrependeu. Que fosse castigada, pouco importava. Ninguém falaria de seus pais daquele jeito.

O garoto urrou e partiu para cima dela. Os dois se atracaram e rolaram na areia trocando socos e pontapés. Liarlinde podia ser uma garota, mas tinha o corpo condicionado pelas partidas de batalha almofada. Além do mais, passara várias tardes praticando combate com Guer. Era rápida na esquiva e certeira nos golpes. Metvel não deixava por menos, e assim os dois se envolveram em uma briga sangrenta que só cessou quando um velho carregando uma vara de ferro apareceu e bateu neles até que se soltassem. Liarlinde arfou para um lado, o lábio cortado e a maçã do rosto inchada. Metvel rolou para o outro, com muitas dores pelo corpo, em especial entre as pernas.

O velho inclinou-se sobre o rapaz, preocupado. Tentou tocar-lhe a face para avaliar os danos, mas levou um tapa na mão que quase esfarelou seu braço fino. Metvel já estava de pé e se preparava para mais um assalto contra Liarlinde. Não toleraria ser desafiado daquela maneira.

Com as últimas forças que tinha, o velho segurou-o pela camisa, e foi então que percebeu quem era o oponente do garoto. Transfigurado pela comoção, disparou rumo à princesa, tropeçando várias vezes no caminho. Sob o olhar atônito de Metvel, o velho envolveu Liarlinde nos braços e se derramou em lágrimas e agradecimentos aos deuses do Monte do Pavão. A princesa também parecia perplexa. Ela mal podia acreditar que, depois de tantas desgraças, alguma coisa boa estivesse acontecendo. Ali estava ele, seu bom e velho, agora ainda mais velho, Empírico Opus.

Alteza! – chorava o conselheiro. – Achei que estivesse morta!

Não pensei que sobreviveria à alergia. Onde a senhorita esteve? Meus deuses, está tudo bem?

Ele a examinava de cima a baixo, checando se todos os pedaços de Liarlinde continuavam juntos. A princesa tivera uma recuperação lenta, mas já estava de volta à sua glória anterior, a não ser, é claro, pelos trajes surrados e o coração endurecido.

Está tudo bem, Empírico. Onde foram parar os seus dentes?

De tão emocionado, o velho até se esquecera de seu mais novo hábito, que era falar sem mostrar os dentes. Desde que Salanur o aliviara do peso de dois incisivos centrais, Empírico evitava sorrir e não comia mais mangalas, até porque estas só lhe eram oferecidas quentes pelo petulante Metvel, seu novo senhor.

Pouco tempo depois de capturado, e pensando que Liarlinde estivesse morta, Empírico esforçara-se para mostrar seu valor como conselheiro. Acabou conseguindo aproximar-se de Zvlav, que o considerou o mestre ideal para Metvel. "Estamos cercados por incompetentes e analfabetos. O garoto precisa saber mais do que como lutar com uma espada", dissera o chefe do bando. "Ensine alguma coisa importante para ele, velho, você é o novo tutor do meu filho.". Desde então, Empírico tentava cumprir seu dever, mas o menino não tinha vontade de estudar o que quer que fosse. Passava os dias brandindo a espadinha que o pai lhe dera, sonhando com grandes batalhas e com o ouro que ganharia nelas.

Ah, que comovente, o reencontro dos perdedores – riu Metvel. – Agora saia de perto desta escrava, velho, que vou ensinar uma lição a ela. Vai aprender a nunca mais desafiar o herdeiro do clã de Zvlav.

O menino apontou uma espada na direção de Liarlinde, que, embora estivesse de mãos vazias, não recuou. Na primeira investida, Metvel perdeu a princesa por alguns centímetros e a menina rolou pela areia até alcançar a vara de ferro que Empírico andava usando como seu novo cajado da sabedoria. O original fora destruído por Zvlav para humilhar o conselheiro.

Liarlinde defendia-se bem dos golpes de Metvel e conseguiu acertá-lo duas ou três vezes direto na cabeça. Um filete de sangue escorria da testa do rapaz, que já começava a perder o fôlego. Liarlinde continuava concentrada, ganhando terreno. Pensava nas ofensas de Metvel a seus pais, no sofrimento que aquele insolente devia ter infligido a Empírico, e sentia a raiva aumentar. Avançava, defendia, estocava, dava pancadas na cabeça de Metvel, dançando aos gritos desesperados de Empírico, que implorava para que se acalmassem. Só pararam quando uma figura monumental surgiu nas areias, montada em seu pirofante negro, e ordenou o fim da batalha. Metvel podia ser atrevido e estúpido, mas não desobedecia o pai.

Os pirofantes

Eram animais corpulentos, porém ágeis, que andavam sobre quatro patas longilíneas e tinham três chifres no focinho. Corriam bem, aguentavam grandes distâncias de marcha e eram os equivalentes marcianos dos cavalos terráqueos, embora bem mais feios.

Por que está lutando contra uma menina, Metvel? – indagou Zvlav.

As crianças estavam prostradas na areia, exaustas da batalha. Liarlinde arfava, fuzilando o oponente com os olhos. Metvel tentava enxergar por detrás da cortina de sangue que lhe escorria da testa.

E por que furacões – continuou o chefe do clã – é você quem está sangrando? Me pareceu que a única arma da garota era uma vara de ferro.

Eu estava quase ganhando, pai, só não quis atingi-la porque...

Mentira! – cortou Liarlinde. – Você não estava ganhando coisa nenhuma. E teria perdido se eu tivesse uma espada. Tenha pelo menos a honra de admitir que é um perdedor.

Silêncio! – bradou Zvlav. – Não vou admitir essa palhaçada. Velho, leve Metvel de volta ao acampamento e certifique-se de que alguma daquelas estrelatas cuide dos ferimentos dele.

Mas pai, eu ainda não acabei com ela!

Se não for agora, Metvel, quem vai acabar com você sou eu.

Empírico recolheu seu cajado e seguiu o garoto em direção às tendas. Metvel xingava, cuspia sangue e voltava-se de vez em quando para ameaçar Liarlinde com o olhar. A menina respondia mantendo o rosto impassível de quem não se importa.

Os pensamentos a dominavam de tal forma que ela sequer notou que Zvlav permanecia ali. Só despertou quando o mercenário dirigiu-se a ela.

Lutou muito bem. Onde aprendeu?

Não é da sua conta.

Ora, ora, aceite um elogio, princesinha. Lutou bem de verdade. Metvel não é lá essas coisas na batalha, mas é treinado. E você acabou com a raça dele. Teve um bom mestre?

Não quero falar sobre isso. O único mestre que tenho agora é Empírico.

Uhm... – o pirofante rodeava o corpo exaurido de Liarlinde, como se Zvlav quisesse avaliá-la de todos os ângulos possíveis. – Alguém com uma habilidade dessas tem muito mais valor no *front* do que nas cozinhas. O que diria de se tornar um soldado? Temos uma incursão em três semanas, você poderia ser útil.

Como ousa pedir que eu o ajude? Você me escravizou!

E também salvei sua vida, não se esqueça disso. Não preciso da sua ajuda, princesinha, apenas vi potencial e ofereci uma oportunidade. Jogue-a fora, se quiser. Mas, se decidir aceitá-la, ao raiar do sol de amanhã esteja na minha tenda e a farei companheira de treinos de Metvel. Agora levante-se, temos que voltar para o acampamento.

Ele ofereceu-lhe uma mão e puxou-a para cima do pirofante negro. Enquanto desciam as dunas rumo às tendas do clã, a mente da princesa era como as areias do deserto: um vazio perigoso.

A noite nunca passou tão devagar. Liarlinde remexia-se em sua cama improvisada tentando decidir se aceitava ou não a proposta de Zvlav. Só de pensar em aturar aquele Metvel por horas e horas de treinamento, já sentia vontade de sair correndo. Por outro lado, era uma oportunidade de aprender a lutar de verdade. Quem sabe um dia ficasse tão boa que conseguisse escapar daquele clã asqueroso. Se lhe dessem armas, poderia tentar. Matar Zvlav, roubar suprimentos, fugir para algum reino amigo. E então, preparar sua vingança contra os invasores de Arcádia.

Quando o sol raiou, pintando o planeta de vermelho, Liarlinde já aguardava em frente à tenda do chefe. Estava cansada da noite mal dormida, tinha escoriações da luta com Metvel, mas sua resolução a mantinha de pé e alerta. Zvlav não ocultou um sorriso quando a viu ali.

Fez a escolha certa, garota.

IX

Liarlinde rodou a espada no ar e baixou-a sem piedade sobre o serpentino que a atacara. Impelida pelo calor da batalha, avançava sem olhar para trás. Estava na linha de frente, incansável, os cabelos e o rosto empapados de sangue inimigo. Aprendera a amar aquela canção feita do encontro das armas, metal contra metal, carne perfurada. Sentia nos gritos dos feridos o doce sabor da vitória. O clã de Zvlav era implacável, e a princesa, uma de suas principais armas.

Sobre uma montanha ao longe, mesmo sem seus dentes da frente, Empírico roia as unhas. Era assim toda vez que Liarlinde se embrenhava em uma batalha. Apesar de seus conselhos e pedidos desesperados, a garota insistia em lutar e, embora fosse de fato uma excelente guerreira, vê-la no campo de batalha sempre sobressaltava o velho.

Liarlinde só se permitiu relaxar quando não restavam oponentes vivos. Limpou o rosto e respirou fundo, sentindo o cansaço finalmente começar a dominá-la. Durante os combates, não sentia dor, medo ou fadiga, apenas continuava, como se entrasse em um transe mergulhado em concentração e adrenalina.

Ainda encharcada de sangue, acenou para Empírico e Zvlav. Do alto da montanha, os dois sorriram, satisfeitos com o desempenho dela na batalha. Liarlinde tinha liderado um destacamento inteiro, garantido poucas baixas e lutado como uma máquina. Não era segredo para ninguém que ela era a menina dos olhos de Zvlav, e Empírico transbordava de orgulho de sua soberana guerreira. A princesa ainda sorria para os dois mentores quando foi atacada.

Um brutamontes saltou sobre ela e a empurrou contra o solo lamacento. Em um movimento rápido, Liarlinde virou-se com a espada já em punho. Precisou defender-se de várias estocadas antes de conseguir ficar de pé. E então, estava pronta para dar o melhor de si mais uma vez. Desviava com graça e agilidade, atacava com força. Uma, duas, três vezes, até que o oponente se desequilibrou e caiu. Ela apontou a espada para a garganta dele e deixou escapar um sorriso.

Te peguei. De novo.

Metvel abriu os braços, rendido.

Você precisa lavar os cabelos – continuou a princesa. – Vermelho não combina com seus lindos olhos.

Estendeu a mão para ajudar o amigo a se levantar, mas acabou puxada para baixo. Os dois rolaram entre os corpos ensanguentados, rindo como duas crianças.

Lutou bem, hoje – disse o rapaz enquanto a envolvia com seus braços largos.

Eu sempre luto bem.

E é sempre muito modesta.

O que eu posso fazer se só tenho qualidades?

O apito de Zvlav soou ao longe, indicando que o grupo de assalto voltasse para o acampamento. Metvel ficou de pé em um pulo e ajudou Liarlinde a se levantar. Seriam os últimos a deixar o campo de batalha, certificando-se de que todos os mortos tivessem sido saqueados.

Três anos marcianos haviam se passado desde que Liarlinde juntara-se ao clã de Zvlav, e ela agora gozava de uma posição privilegiada no grupo. Tornara-se uma jovem forte, de contornos bem definidos que faziam grande parte do exército suspirar. Apesar disso, ninguém se atrevia a tomar liberdades com ela. Era de conhecimento geral que Zvlav pretendia casá-la com Metvel.

Naquela noite, fogueiras e cantos de batalha anunciaram um grande banquete. O assalto bem sucedido rendera a Zvlav alguns baús bem recheados e o grande chefe gostava de comemorar quando as coisas iam melhor do que o esperado. Midori e Atara, as escravas da cozinha, recheavam os pratos com maravilhas feitas da carne que o clã recebera como parte do pagamento. Metvel e os outros enchiam a cara de lodorrum, a bebida dos guerreiros, enquanto gargalhavam de piadas sobre os mortos. O clã era pura festa.

Liarlinde subiu um morro próximo e sentou-se para observar a celebração de cima. Ainda não perdera aquela mania boba de olhar para o céu todas as noites. Era seu momento sagrado, seu elo com as recordações. Sabia que precisava deixar as coisas ruins para trás se quisesse um futuro livre, mas não podia. Lembrava-se do reino, do palácio, de seus pais. Se fechasse bem os olhos, podia sentir a brisa das almofadas quase lhe raspando o rosto quando desviava dos ataques de Guer no jogo. Quase podia ouvi-lo lançando provocações.

Guer... Às vezes Liarlinde se pegava imaginando quais teriam sido os efeitos do tempo sobre seu amigo. Ou melhor, inimigo. Ele era um traidor, como o pai, dois covardes. Ela daria tudo para que a vissem agora, uma guerreira mercenária de sucesso. Tinham-na abandonado porque ela era fraca e não representava mais nada? Se quisessem humilhá-la de novo, teriam que fazê-lo em combate.

Embora fantasiasse constantemente com um encontro, a princesa ainda não tinha certeza do que sentiria se visse Guer outra vez. A vontade que lhe vinha à mente era a de cuspir no rosto dele e gritar insultos. No entanto, o rapaz era seu noivo e seus destinos estavam selados perante os deuses. Talvez cuspir na cara dele fosse uma ofensa aos habitantes do Monte do Pavão, ela teria que se consultar com Empírico antes de dar prosseguimento à ideia. De qualquer forma, sequer sabia se Guer ainda estava vivo. Ela esperava que não.

Uma mão pesada afagou-lhe o ombro. A garota não ouvira a aproximação de Zvlav.

Sabe que me enche de orgulho ao lutar, não sabe?

Faço o que posso.

Falsa modéstia – ele sentou-se ao lado da jovem. – Queria poder fazer alguma coisa para afastar essa sua tristeza, Liarlinde. Por que não está na festa? A vitória não te alegra?

Claro que alegra, eu gosto de lutar. Acontece que não são minhas vitórias. Você sabe que o meu povo está em Arcádia, refém de um bando de rebeldes. Por falar nisso, se não fosse essa sua recusa idiota em me ajudar, eu já teria de volta o que é meu.

Não vá se zangar comigo por causa disso – resmungou Zvlav. – Já lhe disse mil vezes que você deve esquecer o passado, Liarlinde. Arcádia acabou. Por que não se junta definitivamente a nós? É aqui que você está entre os seus.

Oh, não, aquela conversa de novo.

Zvlav...

Você sabe que nada me agradaria mais do que sua união com Metvel. Vocês foram feitos um para o outro! Ambos são fortes, saudáveis e eu jamais encontraria uma noiva mais bonita para meu filho. Além disso, vocês se gostam muito, não gostam?

Metvel é meu melhor amigo – concordou a princesa. – Apesar do nosso começo complicado.

Sejamos francos, ele era um idiota. *Você* o fez melhor, Lia. Peço que faça um favor a este velho mercenário e ao menos considere a ideia.

Como eu disse, Zvlav, Metvel é meu *amigo*, só isso. Tenho

certeza de que não faltarão pretendentes maravilhosas para um jovem guerreiro como ele. Além do mais, eu já tenho um noivo.

Um traidor, provavelmente enterrado no deserto. Qualquer deus já a absolveu deste compromisso, esteja certa disso. – O mercenário a encarou, muito sério. – Lia, garanto que Metvel pode fazê-la muito feliz. Por favor, prometa que vai pensar.

A princesa limitou-se a suspirar. Queria, com todas as forças, ser capaz de aceitar a proposta de Zvlav. Não tinha dúvidas de que Metvel seria um ótimo esposo, capaz de agradá-la nos momentos públicos e íntimos. Sobretudo nos íntimos. Já tivera a oportunidade de vê-lo despido uma ou duas vezes e estava convicta de que o que vislumbrara seria suficiente para deixar qualquer mulher feliz.

A questão não era essa. Embora amasse Metvel, jamais sentira qualquer faísca de paixão pelo rapaz, e suspeitava que o sentimento era recíproco. Gostava de deitar-se com ele para admirar a noite e de conversar sobre o que quer que fosse, mas era só. Não conseguia se imaginar esposa dele. Onde deveria estar o romantismo, dentro dela só havia um buraco. A parte que lhe faltava sumira com Guer. Seu destino estava selado pelos deuses, seu noivo era um só, e ele a traíra e humilhara. Liarlinde só recuperaria aquele pedaço de si mesma no dia de seu casamento... ou de sua vingança.

Vou deixá-la agora, minha querida – disse Zvlav, decepcionado pela promessa que ela se recusara a fazer. – Confio nas suas decisões. Criei você para ser sensata.

Mal o guerreiro desceu o morro, Empírico surgiu do lado oposto. Estivera oculto escutando a conversa, como era de seu feitio. Sentou-se ao lado da princesa.

Talvez devesse considerar a proposta, alteza – disse o conselheiro, depois de limpar a garganta. – Embora fosse cortar-me o coração ver uma moça de tão alto nascimento unida a um clã de guerreiros saqueadores, dadas as circunstâncias, parece uma boa saída.

Guerreiros ocupam meu reino, Empírico. Preciso pensar como eles se quiser recuperá-lo. Por que acha que fiquei tantos anos aqui? Poderíamos ter fugido há muito tempo, mas eu preciso de Zvlav se quiser ter o que é meu de volta. – Ela afundou as mãos na areia e apertou com força. – Arcádia ainda será minha de novo, pode escrever o que eu estou dizendo. E, quando eu retomar as minhas terras, não sobrará um só representante das raças menores para contar a história. Farei questão de acabar com um por um, com as minhas próprias mãos, se for preciso.

Um lampejo de felicidade cruzou os olhos do conselheiro. Talvez nem tudo estivesse perdido, afinal. Talvez ainda existisse esperança para seu grande projeto de vida. Por um momento, conseguiu vislumbrar Arcádia de volta aos seus tempos de glória, prosperando sob as bênçãos da Bula Segregatus. Foi quando uma luz flamejante irrompeu entre os soldados, lembrando-o do dia em que seu amado reino caíra. A mesa do banquete incendiou-se e os copos com lodorrum explodiram em sequência, lançando labaredas coloridas na noite escura.

Que diabos?! – exclamou Liarlinde.

Outra forte explosão revelou que o clã de Zvlav estava na mira de um grupo rival. Os soldados corriam para suas armaduras e tentavam organizar a confusão que se formara enquanto eram atacados por uma chuva de flechas incendiadas. Do alto, a princesa acompanhava toda a movimentação. Os inimigos vinham em um grupo grande, talvez maior que o clã de Zvlav. Alguns tinham espadas, que brandiam sem muita habilidade, mas a maioria estava armada apenas com foices e pás, como camponeses revoltados. Como os desgraçados que lhe haviam tomado Arcádia.

Outra saraivada de fogo atingiu o acampamento, fazendo chamas dançarem sobre as tendas. Salanur e sua armadura dourada lideravam o contra-ataque, saltando sobre os inimigos que agora se aproximavam aos gritos para terminar o que as bombas improvisadas tinham começado. Liarlinde observava tudo exasperada. Acompanhou o ataque por algum tempo, estudando onde seria mais útil, então desembainhou a espada e prendeu os longos cabelos negros. Esta fora a primeira lição de Salanur, seu mestre de armas: prenda o cabelo se quiser durar no combate.

Não havia tempo para elmos ou armaduras. Liarlinde correu morro abaixo, enchendo as botas de areia vermelha, e entrou na batalha com a desenvoltura de sempre. Os agressores avançavam com olhos raivosos, que ela logo transformava na expressão vazia de quem vê a vida se esvair pelas entranhas abertas.

A princesa investiu concentrada, feroz. Zvlav e Metvel lutavam a seu lado, do alto de suas montarias, derrubando inimigos com a força da espada e dos pontapés de suas botas reforçadas. Liarlinde desviou de um lanceiro, saltou sobre uma corrente e rasgou um caracoliano por baixo. Com uma mão liberou a espada enquanto a outra já encontrara um martelo de guerra no chão e o brandia contra o próximo atacante. Fez sua dança de forma magistral, escapando de golpes e massacrando o inimigo, abrindo caminho rumo ao alvo principal.

O líder do bando comandava o ataque montado em um pirofante branco. Dava algumas ordens, mas se mantinha na retaguarda. «Mate o líder e o povo ficará acéfalo», lembrou Liarlinde. Era o que Empírico costumava dizer, e o que tentara convencê-la a fazer em Arcádia, quando aconselhou que todos os generais deveriam ser empalados. Ela não cometeria o mesmo erro duas vezes.

Ignorando os soldados, se é que podia chamá-los assim, que se lançavam sobre ela sem qualquer técnica de batalha, Liarlinde conseguiu posicionar-se atrás do comandante. Acompanhou enquanto ele fazia a montaria avançar, instigando seu exército a prosseguir. Viu quando ele ergueu a lança e viu quando a atirou, mas não teve tempo de reparar qual era o alvo. A garota só pensava em derrubar aquele estrelato do pirofante e acabar com seus miseráveis dias sobre a terra. Foi quando escutou o grito de Metvel. Nunca ouvira o rapaz urrar daquela forma. Voltou os olhos na direção dele e viu Zvlav caído no chão. O mercenário tinha uma lança atravessada no ventre.

Não houve choro nem reação. Apenas uma onda de choque, que percorreu Liarlinde da cabeça aos pés. Por um breve momento, pareceu que o tempo havia parado, e ela quase pôde ver as cenas em volta de si em câmera lenta. Fogo, corpos, Zvlav inerte, Metvel sobre ele. E o inimigo, que se virava para fugir. Aparentemente, ele tinha cumprido sua missão ali. Liarlinde olhou-o bem nos olhos quando ele passou por ela. E, então, reconheceu-o.

Estava mais gordo e mais velho, mas era o mesmo, não restavam dúvidas. Hyun Ki, o general estrelato que invadira Arcádia. Provavelmente estava se vingando das ações do clã de Zvlav em favor de reinos segregacionistas. No instante em que seus olhos se cruzaram, a princesa sentiu que ele também a reconheceu. Ela segurou a espada com mais força, pronta para reagir a uma ofensiva. No entanto, depois de matar Zvlav, Ki recuou seus soldados e partiu, não sem voltar a cabeça para observar a garota uma última vez.

O lugar foi tomado por um silêncio funesto. Sobre o crepitar das chamas, só se ouvia o lamento de Metvel, que chorava abraçado ao corpo do pai. Liarlinde arrastou-se até ele, exausta. Estava tremendo e sentia como se tivessem arrancado mais uma parte de seu coração. O pedaço que restava estava arrasado.

Metvel não queria soltar o pai. Liarlinde tentou puxá-lo, socá-lo e precisou de muita insistência até que ele perdesse as forças e se deixasse abraçar. Os dois ficaram aninhados por algum tempo.

Escuta, Met – disse a princesa ao pé do ouvido do rapaz, enquanto o embalava como se fosse uma ama. – Chegou a hora. Eu sei quem fez isso e sei onde encontrá-lo. Nós teremos a nossa vingança. Eu vou tomar o que é meu e você vai tomar o que é seu, e ninguém esquecerá nossos nomes.

X

O grupo estava oculto atrás de uma duna a apenas alguns metros dos muros de Arcádia. Dois sentinelas, além de Salanur, Liarlinde e Metvel, vestidos com o couro vermelho das serpentes do norte e pintados de barro para se misturarem à paisagem, esgueiravam-se, silenciosos, enquanto analisavam a movimentação na cidade.

Aquela noite pontilhada de estrelas era a primeira vez que Liarlinde voltava a Arcádia desde a tomada do palácio. As paredes de terra e metal ainda se erguiam muito acima do deserto, largas e imponentes como ela bem lembrava, embora algumas torres esfaceladas fossem testemunhas do que acontecera ali três anos antes. Nas ameias, quem patrulhava não eram mais os homens do covarde Lut Vallunda, mas toda sorte de seres das raças excluídas, a maior parte serpentinos mal encarados. Deviam ser cerca de cinquenta, vigiando as torres em duplas. Alguns deles conversavam e riam, e suas vozes eram engolidas pelo movimento das dunas ao sabor do vento.

Fobos e Deimos, as luas de Marte, erguiam-se altas no céu, cintilando uma luz pálida sobre a planície. Era o suficiente para que Salanur gravasse, na mente e em seus desenhos estratégicos, cada ponto fraco das defesas do reino. Era sempre assim antes de uma incursão. Salanur observava e anotava tudo o que seria usado a seu favor na batalha. Depois daquela expedição de reconhecimento, ele, Metvel e Liarlinde se reuniriam para tratar das táticas do ataque.

Ficaram de tocaia a noite inteira, movendo-se esporadicamente para cobrir toda a volta da cidade. Salanur só se deu por satisfeito poucos minutos antes do nascer do sol, e o grupo se pôs em uma silenciosa marcha de volta à base, um amontoado de tendas chamuscadas. Os feridos gemendo pelos cantos e as mulheres chorando os mortos lembravam diariamente a Liarlinde o propósito daquela incursão. Hyun Ki destruíra seu povo duas vezes, mas agora ia pagar, com juros, pelo que tinha feito.

O que sugere, Salanur?

Metvel caminhava de um lado para o outro na tenda que antes fora de Zvlav, os longos cabelos loiros sujos de barro caindo em blocos ressecados sobre o torso nu. Tinha as feições endurecidas desde a morte do pai.

O portão principal é bem guardado, mas os outros me pareceram negligenciados – respondeu Salanur. – E quanto aos soldados, vejo que estão mal treinados e mal armados. Não devemos ter dificuldades para passar pelas primeiras defesas, nosso problema será a multidão que há lá dentro. Não temos como estimar quantos rebeldes enfrentaremos.

Se me trouxerem a cabeça daquele estrelato e a mulher dele para que a possua, já ficarei satisfeito.

Não, Met – Liarlinde avançou. – Arcádia é minha. Lutamos até o fim. Até que o último invasor tenha sido devidamente empalado e que eu me sente no trono que é meu por direito.

Isso pode me custar o clã inteiro!

Se me permite – Empírico enfiou-se na história –, além das riquezas que há em Arcádia, existem reservas subterrâneas sobre as quais apenas eu e os reis sabíamos. As entradas eram muito bem seladas, garanto que os invasores não foram capazes de encontrá-las. Se ajudarem a princesa a subir ao trono, tenho certeza de que ela saberá ser bastante generosa. Vamos, vocês são um clã de mercenários ou o quê?

Met – Liarlinde tocou o ombro do amigo. – Por tudo o que passamos nos últimos anos, ajude-me. Quando Arcádia for minha, vocês sempre encontrarão aqui um porto seguro e uma aliada.

Metvel desvencilhou-se.

Preciso pensar – disse. – Salanur, traga umas escravas à minha cama. Penso melhor com os músculos relaxados. – E retirou-se da tenda.

Liarlinde estalou o pescoço, cansada da noite atrás das dunas. Ela também precisava descansar. A perspectiva de invadir e retomar Arcádia a perturbava mais do que deixava transparecer. Por dentro, estava uma pilha de nervos. Imaginou por horas como seria andar de novo pelos corredores do castelo, correr pelo pátio, ver as pinturas com os rostos dos pais, que tanta falta lhe faziam. Lembrou-se com detalhes da vista que tinha de seu quarto, de como a brisa da manhã entrava pelas enormes janelas sacudindo as cortinas. Recordou a arena de batalha almofada, como Guer... Estremeceu e afastou o pensamento com um bocejo.

A princesa precisa dormir – ouviu Empírico dizer. – Metvel aceitará sua proposta, alteza. Em breve o reino será seu. E então colocaremos a escória de volta no lugar de onde nunca deveria ter saído. A Bula Segregatus...

Ah, não, Empírico, não estou com ânimo pra ouvir os seus planos de dominação do mundo agora. Com licença.

Não foi fácil pegar no sono. O sol já se levantara e com ele o acampamento, que zunia lá fora. Havia também os pesadelos. Hyun Ki e tatuzinhos de areia vermelha teimavam em surgir, arrancando a princesa da paz, mas era a imagem de Guer que mais a atormentava. No sonho, os dois corriam juntos, escondiam-se, nadavam nus e se beijavam, o beijo que ela roubara. Acordou ao cair da tarde, suada e exausta. Lá fora, metal tinia e homens se movimentavam. Estavam se preparando.

Duas escravas holdenas saíram da tenda de Metvel enroladas em cobertores. Ele veio logo atrás, já posto em sua armadura. Tinha olheiras profundas e uma ruga na testa. Notou o olhar de reprovação de Liarlinde, que se espreguiçava ao ar livre.

Você está com a cara amassada, sabia? – provocou Metvel. – Bom, pelo menos um de nós conseguiu dormir. Quanto às holdenas, não precisa ficar com ciúmes, foi só um relaxamento. Não é todo dia que se resolve devolver um reino a uma amiga.

Vai me ajudar mesmo?

Poxa, eu esperava um pouco mais de entusiasmo! Estou arriscando meu clã por você e é só isso que recebo em troca?

Você está arriscando seu clã pelo meu ouro, Metvel. Pelo ouro e por sua vingança. Não tenho ilusões quanto a isso. Ninguém arrisca nada por mim. Quando eu preciso delas, as pessoas fogem, é isso o que acontece. Fogem ou morrem. Sempre fui só eu. Eu e Empírico.

Metvel suspirou.

Você está pensando de novo naquele seu noivo, não está? Admita.

Sonhei com ele.

Quer saber, você deveria fazer como eu – sugeriu o mercenário. – Pegue um escravo e divirta-se. É muito mais simples do que essa coisa toda de amor.

Liarlinde cerrou os dentes.

Nunca mais ouse insinuar que eu amo o Guer, entendeu? O único sentimento que sobrou dentro de mim por ele foi ódio.

Então use essa raiva para reconquistar seu reino. Vamos precisar dela hoje à noite – escarrou e afastou-se gritando com os soldados.

Quando a noite caiu, o jantar foi servido em silêncio. Metvel não permitiu que os soldados bebessem antes da batalha, queria todos concentrados e sóbrios. Era a primeira vez que lutariam sob seu comando, não podia arriscar. Além do mais, tratava-se de vingar a morte do pai, tinha que fazer aquilo direito.

À meia-noite, cerca de dois mil soldados altamente treinados esgueiraram-se na direção de Arcádia. Tinham instruções claras para trazer Hyun Ki vivo, não destruir a estrutura da cidade e não matar nem violar arcadianos, apenas os invasores das raças menores. Uma brisa leve soprava, agravando o frio da noite escura e levando os sons consigo. Só depois de dois ou três vigias terem sido abatidos os guardas perceberam que a cidade estava sob ataque. Um sino começou a tocar ao mesmo tempo que um grupo de soldados mercenários forçou o portão principal. Logo choviam flechadas e barris de óleo quente. Enquanto os rebeldes se preocupavam em repelir meia dúzia de invasores, a maior parte do exército de Zvlav derrubou o portão de trás e caiu sobre a cidade com uma onda de aço.

Liarlinde estava na linha de frente, abatendo quem surgisse em seu campo de visão. Era rápida, forte e precisa. Um serpentino inimigo tentou acertá-la com um martelo de guerra e acabou golpeando as próprias pernas quando ela escapou. Muitos rebeldes corriam sem rumo, vários deles para dentro do palácio em busca de abrigo. Alguns se levantaram de seus leitos para ver o que estava acontecendo e acabaram sangrados na rua. Antes do nascer do sol, Arcádia havia sido tomada. Pouco tempo depois, Empírico chegou com a informação de que a família de Hyun Ki e uma caravana de guerreiros conseguira escapar por uma passagem subterrânea.

Metvel urrou de ódio, mas, para Liarlinde, a fuga do estrelato era o que menos importava naquele momento. Ela estava de volta a seu reino e já se sentia como uma rainha. Ordenou que os mortos fossem empilhados na praça central e os cativos levados para os porões. Perto do meio-dia, quando o serviço estava quase terminado, escalou o monte de corpos e fez um pronunciamento aos aterrorizados arcadianos reunidos na praça.

Arcadianos – disse, em voz solene –, sei que vivenciaram uma noite de chacina. Sei que passaram anos de horror e que suas crianças foram obrigadas a ver atrocidades. Acreditem, esse tempo acabou! Chegou o momento de sua legítima rainha assumir seu posto e levar este reino de volta à sua antiga glória. Sei que não me reconhecem, mas eu nunca esqueci Arcádia, e estou de volta para garantir que nunca mais um arcadiano sofra nas mãos de outros povos.

Seguiram-se vários murmúrios incrédulos, ao contrário das palmas que Liarlinde esperara. Um homem se destacou da multidão e pediu permissão para se aproximar. Era, como a princesa reconheceu, um dos cozinheiros reais. Ele analisou o rosto da moça, sujo de sangue, os olhos verdes mortais, a pele branca e delicada. E, quando ela citou seu nome e perguntou se ele poderia trazer-lhe algumas mangalas, o homem estupefato gritou a plenos pulmões:

Pelos deuses! É Liarlinde Arcandoff! Estamos salvos!

Uma grande festa foi celebrada ali mesmo e um farto jantar servido aos famintos arcadianos, que haviam sido escravizados pelos últimos três anos. Os corpos dos inimigos serviram de combustível para as fogueiras que assaram o banquete, um dia inteiro de comida e bebida à vontade. Liarlinde dançou até o nascer do sol, quando, já adormecida, foi levada aos aposentos reais por soldados de Metvel. Acordou algumas horas depois, com Empírico fungando ao pé de sua cama. O conselheiro fizera vigília enquanto ela dormia. Ele chorava.

Estes aposentos me trazem tantas recordações, princesa. Boas e más. Foi aqui que sua mãe deu à luz a senhorita, mas também onde seus pais sucumbiram à gripe... Agora que a vejo ocupando este leito, que é seu por direito, meu pobre coração mal pode aguentar de alegria. Os bons ventos voltaram a Arcádia.

Trouxeram o café da manhã de Liarlinde na cama. Uma bandeja farta, com fatias suculentas de mangala, leite de ***bomífero das areias*** adoçado, biscoitos e pães. Há quanto tempo ela não sabia o que era aquilo. Acordar em uma cama confortável, em um quarto arejado, receber um bom e abundante café da manhã. Nos últimos anos, tivera que lutar para sobreviver, e, mesmo com a posição privilegiada que alcançara no grupo de Zvlav, a vida se resumira a dormir e acordar em barracas, comer com soldados e não ter um mínimo do conforto recomendado a uma princesa.

O castelo que Liarlinde encontrou depois do desjejum era apenas uma sombra do que tinha sido. As paredes, antes ornadas com pinturas da família Arcandoff e paisagens de Arcádia, agora estavam nuas, pintadas de um vermelho estranho e mortiço. Os invasores haviam reconstruído a abóboda da sala do trono, mas não se preocuparam em decorá-la. A pobreza da arquitetura revelava a falta de estilo daquelas raças menores.

Não havia em parte alguma do castelo as imagens que Liarlinde tanto sonhara rever, em especial as pinturas de família, onde os pais sorriam altivos em seus mantos reais. Esperara tanto pelo momento em que poderia reencontrar suas origens, lembrar-se de quem era, que sentiu um nó se formar na garganta quando percebeu que estava mais uma vez sozinha. Empírico até procurou, nas passagens secretas do castelo, por alguma pintura esquecida, mas os Arcandoff eram muito orgulhosos e gostavam de exibi-las todas nas paredes. Não havia sobrado nada.

Mandaremos fazer pinturas novas, alteza – Empírico tentou animá-la. – Os arcadianos certamente ficarão satisfeitos em ver o palácio ornado com seu belo rosto.

Poupe as palavras, Empírico. Temos coisas mais importantes para fazer do que pintar retratos de mim.

XI

Creio que isto seja o suficiente para mostrar minha gratidão por seus serviços – disse Liarlinde ao colocar a última taça de ouro nas carroças do grupo de Metvel.

O bando levava dez delas, abarrotadas de tesouros que Arcádia escondera em passagens subterrâneas pelos últimos milhares de anos. Dois meses tinham-se passado desde a retomada do reino, Liarlinde fora coroada por seu povo e, embora ainda faltasse muito para a reconstrução total, Arcádia já voltava a exibir um pouco de sua antiga glória. Com a ajuda do clã de Metvel, a sala do trono fora reformada e agora exibia retratos da nova rainha em poses altivas, algo de que Empírico não abrira mão.

Diversos reis aliados tinham vindo prestar suas honras e reforçar os laços. Se antes tinham dúvidas sobre o destino de Arcádia nas mãos de uma garota, Liarlinde provara ter a força necessária para governar. Empírico fazia questão de requisitar suas próprias reuniões privadas com os visitantes, onde expunha os termos de sua Bula e os incentivava a implantá-la em seus respectivos domínios. Afinal, se o planeta mantivesse a escória sob controle em todos os reinos, não haveria motivo para preocupação com um novo levante.

Cerca de dois dias antes de o bando mercenário deixar Arcádia, Metvel requisitara uma audiência com Liarlinde. Explicou que adorava o ar do reino e ainda mais o fato de ter uma amiga no trono, mas que seu coração viajante e seu espírito mercenário o obrigavam a procurar novas aventuras. Além do mais, tinha uma dívida a pagar. Precisava encontrar – e matar – Hyun Ki.

Se eu pudesse, iria com você atrás deste desgraçado – confessou Liarlinde. – Mas tenho um reino para governar.

E o fará com muito pulso, tenho certeza, minha irmãzinha.

Empírico pigarreou sem um pingo de discrição. Apoiava-se solenemente no cajado novinho em folha que tinha ganhado de Liarlinde após a retomada do poder.

Se me permite, minha rainha – intrometeu-se –, aposto que o senhor Ki está em algum dos reinos libertários. Talvez pudéssemos nos aproveitar da oportunidade dupla que o acaso nos está oferecendo.

O que quer dizer?

Ora, caçar Hyun Ki é questão de honra não só para Metvel, mas para a senhorita também. Não nos esqueçamos de que ele é o grande responsável por todas as desgraças que sucederam conosco nos últimos anos. Poderíamos caçá-lo e, no caminho, levar a luz a estes reinos promíscuos apresentando a eles...

A sua maldita Bula, não é?

Majestade, não a ponha nestes termos. É um documento com o poder de salvar o planeta da ameaça destes povos que pregam a igualdade para todos. Nada mais justo do que tratar os desiguais com desigualdade. Não há motivo para elevar raças menores aos privilégios humanos.

O conselheiro tinha o rosto vermelho e um brilho cruel nos olhos, como sempre acontecia quando trazia o assunto à tona.

Como pode propor que eu abandone meu reino recém-conquistado, Empírico? – rebateu Liarlinde. – Logo você, que sempre fez tanta questão de que eu o retomasse!

Se me permite explicar... Eu não sugeriria isto se não considerasse que temos uma oportunidade única de mudar a História humana. E isto transcende meu amor por Arcádia. Temos o exército de Metvel e os dos reis aliados, nossos inimigos estão acuados com seu retorno triunfal. É o momento perfeito! Arcádia pode ser governada por uma junta indicada por nós. Será só por algum tempo, só até termos, bem, tomado o planeta. Então a senhorita voltará e governará, de Arcádia, os mais belos dias de paz que Marte já conheceu.

A sugestão do conselheiro dominou os pensamentos da rainha pelas noites seguintes. Liarlinde estaria feliz em apenas retomar Arcádia, mas Empírico plantara em sua mente algumas ideias difíceis de ignorar. Em parte, o velho tinha razão. Era um momento único, uma oportunidade perfeita para demonstrar o tamanho de sua de sua força e para dançar na cara dos inimigos que a julgaram morta.

Ela estava viva, bem viva. E todo o planeta estava prestes a descobrir seu poder.

Parte II

I

A notícia do rápido avanço de Liarlinde sobre os reinos libertários espalhou-se como uma manada de ***correndinhos-do-vale***. Fazia dois anos que a rainha e seu exército haviam deixado Arcádia, e Empírico parecia mais jovem a cada conquista. Não parava de falar sobre os bons resultados da campanha, que vinha garantindo o extermínio do Eixo do Mal e a outorga da Bula Segregatus em várias regiões do planeta. Os bolsos do clã de Metvel transbordavam de ouro e glória.

O próximo alvo do grupo era um conjunto grandioso de castelos incrustado no fundo dos Vales Kasei. Aquele era o lar de uma antiga família real libertária que não mantinha escravos e incentivava a inclusão social, chegando ao absurdo de promover políticas de distribuição de renda e de reservar cotas raciais para cargos da corte. Inadmissível, bradava Empírico, igualar os desiguais. Um ultraje, um ataque grosseiro aos genes superiores dos humanos.

Naquela ocasião, o reino brilhava à luz de centenas de tochas. Mesmo de longe, era possível escutar os tambores de festa. Os informantes de Salanur tinham ouvido falar de uma celebração no reino, e esse fora o fator determinante na decisão do serpentino de atacar imediatamente. Lutar contra bêbados era muito mais fácil.

Na tenda de comando, Liarlinde estava com dificuldades para se concentrar na leitura dos mapas de Kasei. Embora costumasse ficar ansiosa antes de uma invasão, naquele dia estava mais inquieta do que o normal. Ela havia enviado um grupo de reconhecimento ao reino e aguardava o retorno deles para ordenar o ataque. Até mesmo a espera a estava deixando irritada. Queria poder conversar com Metvel, mas o amigo estava ocupado aliviando as próprias tensões no leito de alguma escrava.

Com licença, majestade – disse Atara, com uma reverência, ao entrar na tenda. – Trouxe o que a senhorita me pediu.

A estrelata pousou uma jarra fumegante sobre uma mesa e serviu um copo.

Não há nada melhor para os nervos do que chá de erva-do-Arsia – acrescentou, entregando a bebida à rainha.

Liarlinde envolveu o copo com as duas mãos e deixou o vapor quente penetrar-lhe os sentidos. Um cheiro adocicado subia da infusão. Ao primeiro gole, sentiu o calor se espalhando por seu corpo, lento, reconfortante.

Está de seu agrado, majestade? – perguntou a escrava, o rosto rechonchudo cheio de expectativa.

Sim, Atara. Apesar de inferior, você tem uma bela mão para a cozinha.

A estrelata sorriu e ensaiou um agradecimento, no entanto foi interrompida por um pigarro nada discreto atrás de si. Parado na entrada da tenda, Empírico a observava com repugnância.

Deixe-nos a sós, Atara – ordenou Liarlinde.

A escrava fez uma mesura e saiu sem levantar a cabeça, passando o mais longe possível de Empírico. Quando ela já havia se afastado, o velho caminhou até uma cadeira e sentou-se, apoiando o peso do corpo sobre o cajado da sabedoria. Recusou o chá que Liarlinde ofereceu.

Obrigado, majestade, mas sinceramente... Não entendo como a senhorita tem estômago para comer qualquer coisa preparada por essas aberrações. Eu perco o apetite só de pensar. Minha comida só é feita por escravas humanas e eu...

Você tem alguma coisa importante para me dizer – interrompeu Liarlinde – ou veio apenas discutir o preparo das refeições?

Um brilho cruel cortou os olhos do conselheiro.

Perdão, eu me deixei levar. – Ajeitou uma dobra do manto. – Bem, o grupo de reconhecimento retornou. Há alguns guardas fazendo a ronda nos muros de Kasei, mas a maior parte do reino está mesmo envolvida em uma festa.

E o que estão comemorando, a colheita da marbulha?

Empírico relaxou as costas e cruzou os braços frouxos sobre a barriga.

Não – disse com um sorriso cínico. – Estão celebrando um casamento.

Liarlinde deixou escapar um riso cáustico. Alguém estava realizando o sonho que ela fora obrigada a enterrar sob o ódio.

Lamento ter que atrapalhar uma festa tão bonita, mas seria estúpido ignorar a vantagem que a ocasião nos oferece – ela tomou outro gole do chá e mordeu os lábios. – Que reinos se unem esta noite?

Na verdade, minha rainha... – o conselheiro sibilava uma voz lenta cheia de ansiedade. – Devido à guerra e às incertezas no cenário internacional, o rei decidiu unir a princesa Sira a um alto membro da guarda.

Liarlinde ergueu as sobrancelhas, lembrando-se do próprio noivado. Era a deixa que Empírico esperava.

Majestade... – acrescentou com os olhos flamejando. – O noivo é Guer.

Foi como levar um soco no estômago. A vista da rainha escureceu e um apito incômodo tomou-lhe os ouvidos. O coração parecia querer deixar o peito e ela não tinha certeza se ainda estava de posse das pernas. Via que Empírico tentava dizer alguma coisa, mas não podia escutá-lo.

Guer, ele dissera. Guer era o noivo. Guer estava vivo! Tantas noites ela fora dormir com essa dúvida, essa esperança. Agora tinha certeza. Não, ele não morrera. Estava vivo... e prestes a traí-la mais uma vez. Acertara um noivado, mesmo depois de terem jurado perante os homens e os deuses que desposariam somente um ao outro e a ninguém mais. Nem mesmo este compromisso Guer fora capaz de manter.

E Lut? – perguntou a rainha com voz grave.

Tem lugar de honra na festa – respondeu o conselheiro. – Aposto meu cajado que manipulou o rei para conseguir uma posição privilegiada, assim como fez com a senhorita. É algo comum aos traidores covardes...

Liarlinde fitava o chão com os olhos turvos de ódio. Mal se mexia.

O que importa, majestade – continuou Empírico –, é que o mundo deu voltas e a hora da sua vingança enfim chegou. Como deseja que procedamos?

A moça não respondeu de imediato. Ainda sentia a cabeça girar, aérea pelo choque da notícia, e precisou de vários goles de chá até sentir a razão retornar. Quando ela ergueu o rosto, Empírico teve certeza de que não haveria misericórdia.

Quer que mande empalar Sira, senhorita?

Liarlinde refletiu por alguns segundos.

Não – respondeu, para surpresa do conselheiro. – Ela provavelmente é só mais uma vítima da ambição de Lut. Terá direito a uma morte rápida. – E, com um leve tremor nas mãos, acrescentou: – Quero-a decapitada antes do nascer do dia. Os traidores, tragam-me vivos. Faço questão de cuidar deles pessoalmente.

Empírico mostrou a banguela em um sorriso maldoso.

Será como deseja.

Liarlinde não tomou parte na luta. Passou a noite em sua tenda, alguns metros atrás das linhas de batalha, fora do alcance dos inimigos. Não conseguiu pregar os olhos, e isso nada teve a ver com os sons da guerra. Estava acostumada a dormir enquanto homens despedaçados esgoelavam de agonia e as espadas tiniam. Sua perturbação era de ordem interna.

Passou o tempo arquitetando maneiras de punir Guer. Podia pendurá-lo pelos pés e esperar que os animais dessem cabo dele. Ou amarrá-lo em uma cama de tortura e tirar lentamente toda sua pele. Podia cortá-lo vivo e dar os pedaços a ***leões do vale***. No entanto, nada lhe parecia cruel o bastante. Imaginou-se apunhalando-o repetidas vezes, ou rasgando-lhe o rosto a unhadas enfurecidas. Podia quebrar seus ossos e largá-lo em uma masmorra para apodrecer.

Quando vieram informá-la de que o reino estava tomado, agradeceu e pediu para ser deixada a sós. Nem mesmo Empírico aceitou receber. Não comeu a comida que Midori levou e nem tocou o vinho. A imagem que viu refletida no odre a desanimou. Estava com olheiras horrorosas e uma pele tão branca que parecia doente. "Sou a senhora de Arcádia, dos reinos aliados e futura rainha de Marte", precisou lembrar a si mesma. E, com este pensamento, encontrou forças para enfrentar o dia.

O corpo decapitado da princesa Sira era a primeira coisa que se via ao cruzar os portões de Kasei. Ainda vestida de noiva, ela tinha a cabeça presa em uma estaca, o rosto congelado em uma expressão tão terrível que Liarlinde desviou o olhar. Cadáveres dilacerados jaziam empilhados por toda a parte e o chão era uma gosma pegajosa de lama ensanguentada. A sala do trono, por sua vez, fora limpa e organizada para receber a nova soberana.

Durante as longas horas que se seguiram, os humanos de Kasei vieram em grupos jurar fidelidade à rainha. Todas as outras raças estavam em masmorras, prontas para serem escravizadas, mortas ou castradas e exiladas. Era tedioso para Liarlinde ouvir a mesma ladainha de tanta gente, mas, de certa forma, reconfortante. Assim ganhava tempo para refletir sobre seu reencontro com Guer.

Ela quase não ouviu o que lhe foi dito naquele dia. Enquanto grupos e mais grupos vinham ajoelhar-se a seus pés, permaneceu no trono com o olhar distante. Quando as juras haviam terminado,

Empírico começou uma campanha para que a rainha recebesse os prisioneiros principais, ansioso pelo momento de ver os traidores humilhados. Mesmo com a insistência do conselheiro, Liarlinde só consentiu que lhe trouxessem o noivo uma semana depois da invasão de Kasei.

Guer chegou à sala do trono acorrentado e vendado. Tinha o rosto muito sujo e o elegante traje militar kaseininano que vestia estava em frangalhos. Sobre seu peito largo, brilhava um medalhão de ferro em forma de coração, talvez presente da ex-noiva. Um guarda bateu-lhe nos ombros e obrigou-o a se ajoelhar. Como tinha mudado! Não era mais o garoto de que Liarlinde se lembrava. Os músculos estavam definidos como os dela, mas muito mais ameaçadores. Tinha um tórax bem formado e braços grandes, e o nariz parecia um pouco fora do eixo, como se tivesse sido quebrado algumas vezes. O maxilar quadrado estava coberto pela barba que Guer tanto sonhara ver crescer para torná-lo um homem.

O rapaz manteve uma postura ereta, tentando preservar o orgulho apesar de toda a humilhação que sofria. Liarlinde observou-o por longos minutos antes de ser capaz de iniciar seu julgamento.

Guer Emanuel Vallunda – começou ela com a voz mais severa que conseguiu fingir –, você é acusado de conspirar com os antigos soberanos de Kasei contra o extermínio do Eixo do Mal e a outorga da Bula Segregatus. É verdade que pretendia se unir à falecida princesa Sira em matrimônio?

Guer soltou um riso sarcástico e Liarlinde sentiu o coração palpitar.

Caso não tenha notado, *majestade* – rosnou o prisioneiro –, a senhora interrompeu minha cerimônia de casamento. Recuso-me a responder perguntas tolas.

A rainha acenou com a cabeça e um guarda golpeou as costelas de Guer. Ele arfou por um instante, mas logo voltou a sustentar a postura.

Vocês são monstros! – gritou em seguida. – Sira era um anjo! Quem fez mal a ela não merece o respeito de ninguém!

O guarda se preparou para mais um golpe, mas Liarlinde impediu-o.

Você a amava? – perguntou em um sussurro estrangulado, sem tirar os olhos do noivo.

Ela era o ser mais puro que já existiu.

Perguntei se a amava.

Guer não respondeu. Já presenciara diversos interrogatórios, mas nunca vira um soberano fazer aquele tipo de pergunta.

Vejo que se cala – continuou Liarlinde. – Agora lhe pergunto se o rei sabia que você estava impedido de contrair este matrimônio. Ele sabia que estava submetendo a filha a um casamento condenado pelos deuses?

Não sei do que a senhorita está falando. Não havia impedimento algum.

Nega que já estivesse prometido a outra?

Guer enrugou a testa, confuso.

Estive prometido anos atrás – respondeu. – Mas a noiva está morta...

Ha! Parece que o senhor tem um raro talento para matar suas noivas! Talvez seja o sangue de traidor que corre nas suas veias.

Guer parecia estarrecido com os rumos que o interrogatório estava tomando.

O que está acontecendo aqui? – indagou reticente.

Por que não vê por si próprio? Tirem-lhe a venda.

O rapaz precisou de alguns segundos para se acostumar à claridade. Viu-se cercado de uma pequena multidão, ajoelhado em frente a uma mulher muito mais nova e bonita do que tinha imaginado. Inconscientemente, naquela manhã Liarlinde passara um tempo maior do que o habitual se arrumando. Mandara trazer uma longa capa vermelha e uma tiara de aspecto régio. Lavara e penteara os cabelos, que trazia soltos sobre os ombros, e escolhera um longo vestido trabalhado com pedrarias e pequenas contas de metal, cujo decote fizera Metvel soltar uma exclamação imprópria. Todos concordavam que a rainha nunca estivera mais gloriosa em todos aqueles anos.

Ajoelhado no chão, Guer via aquela mulher observá-lo do alto do trono com fogo nos olhos. Uns olhos tão verdes e vibrantes como os de... Não, não era possível!

Você! – hesitou. – É você?!

Liarlinde não respondeu.

Eu achei que estivesse morta! – continuou o prisioneiro. – Tínhamos notícias de uma rainha mercenária que vinha conquistando o planeta, jamais passou pela minha cabeça que... Oh, Liarlinde!

Guer esqueceu-se das correntes e tentou disparar para os braços da amiga. Sorria como um idiota. Um puxão nos pulsos e outro golpe nas costelas lembraram-no de que não era exatamente um convidado de honra ali.

Eu sempre me perguntei se você estaria bem – insistiu ele, indiferente à situação em que se encontrava. – Todas as noites pedi aos deuses que a protegessem. – Guer tinha os olhos marejados. – Você está ainda mais bonita e forte do que há três anos, os deuses ouviram os meus pedidos. Tornou-se a rainha que nasceu para ser!

Liarlinde fora tomada por um frenesi interior desde que Guer pusera os olhos sobre ela. Em um instante, todas as torturas que imaginara para ele foram esquecidas, e ela precisou de todo o seu autocontrole para não descer correndo do trono e ir abraçá-lo. Foi forte o suficiente para manter-se impassível por fora.

Você agora é meu prisioneiro e deve jurar lealdade – disse, com as sobrancelhas franzidas – Reconhece-me como sua única e legítima soberana?

Guer deu seu habitual sorriso torto. Ainda tinha os olhos vidrados nela.

Liarlinde, nada me faria mais feliz do que servi-la. Imploro a honra de voltar a ser seu súdito.

Ele era um mentiroso, um traidor, então por que parecia tão verdadeiro? E por que raios ela só pensava em como devia ser confortável aninhar-se nos braços dele depois de tanto tempo? Fitou-o com uma carranca enquanto a mente fervilhava. De repente, sorriu.

Pois bem – disse enfim. – Fará parte de minha guarda pessoal.

Empírico engasgou com a própria saliva. Passara dias maquinando as mais terríveis punições para Guer e o pai, e Liarlinde recompensava os salafrários com uma vaga no mais alto posto da guarda? Quando conseguiu se recuperar da tosse, disse com voz rouca:

Majestade, eu protesto! Devo lembrá-la de que o homem ajoelhado a seus pés traiu Arcádia e teria se unido a um reino libertário se a senhorita não o tivesse impedido!

Obrigada por me refrescar a memória, Empírico, mas eu me lembro muito bem de tudo o que aconteceu. No entanto – disse, levantando-se –, a maior virtude de uma rainha é sua piedade. Sempre poupei a vida dos inferiores que aceitaram se tornar escravos sem lutar. Como posso agora negar meu perdão a alguém que implora para me servir?

Um silêncio mortal caíra sobre a sala do trono. Quando Liarlinde caminhou até o prisioneiro, o único som que se ouviu foi o de seus sapatos batendo contra o piso.

Como posso negar meu perdão – sussurrou ela a alguns poucos centímetros de Guer – ao homem ao qual os deuses me uniram para sempre? – E, elevando a voz para que todos a ouvissem: – Toda rainha precisa de um rei e eu acabo de reencontrar aquele que me foi prometido. – Pousou uma mão no ombro do noivo e encarou-o. – Guer Emanuel Vallunda, nosso destino será cumprido. Hoje à noite eu o tomarei como meu esposo, senhor de Arcádia e dos reinos aliados, e futuro rei deste planeta.

II

Empírico passou a pior noite de sua vida. Entre uma garrafa de lodorrum e outra, foi obrigado a ver um traidor desposar um membro legítimo da monarquia arcadiana. Infelizmente, nada podia fazer, pois a autora de tamanho ultraje era sua própria soberana, que se recusava a ouvir seus conselhos.

Guer fora vestido como um rei e agora dividia o trono com Liarlinde. O rapaz não desgrudava os olhos da esposa e reservava para ela toda sua atenção. Conduziu-a no baile e aborreceu-se quando Metvel, já bastante embriagado, reivindicou seu direito a uma dança. Guer não queria separar-se de Liarlinde por um segundo sequer, muito menos vê-la nos braços de outro.

Enquanto o jantar era servido, os súditos divertiam-se e cantavam, afirmando que nunca se comera tão bem no reino de Kasei como naquela noite. Escravos iam e vinham com caldeirões ferventes de guisado, lombo de zebra da montanha ao molho de gualupas verdes e outras iguarias. Os copos transbordavam de lodorrum e bebidas típicas do vale, e todos pareciam exultantes pelo súbito casamento da rainha.

Quando Liarlinde e Guer seguiram para os aposentos nupciais, o sol já começava a despontar no horizonte. A rainha cambaleava de sono e embriaguez, de modo que o marido tomou-a nos braços e deitou-a com cuidado sobre a cama. Guer sentia o coração explodir de felicidade. Encontrar Liarlinde viva e casar-se com ela era melhor do que o melhor sonho. Tudo o que ele passara nos últimos anos agora parecia ter valido a pena.

O rapaz aproximou-se e inspirou o perfume suave dos cabelos da esposa. Com um sorriso apaixonado, correu os dedos delicadamente pela pele macia do rosto dela. Quando se inclinou para beijá-la, Liarlinde abriu os olhos e afastou-se.

O que foi, não se sente bem?

Pelo contrário – balbuciou a rainha. – Estou ótima. Melhor do que nunca. Triunfante, eu diria. – Ergueu-se com dificuldade e ficou de frente para o marido. Queria encará-lo de cima.

Você deveria se sentar, Lia, dançou muito es...

Para você é majestade, traidor.

Guer não compreendeu de imediato o que estava acontecendo. Liarlinde bebera demais, devia estar dizendo tolices. Tentou fazer a esposa sentar-se, mas a moça deu um passo para trás. Tinha os olhos baixos e cambaleava, no entanto parecia resoluta acerca do que dizia.

Sabe, senhor meu esposo... – falou. – Não me surpreende que você tenha me considerado morta, uma vez que me deixou para morrer em um castelo em ruínas. E, de fato, estive morta por muito tempo. Morta por dentro. Mas hoje parece que eu ressurgi das cinzas.

– Também me senti assim por muito tempo, Lia. Só os deuses sabem o quanto eu sonhei com este dia.

Liarlinde riu com escárnio.

Seu idiota, você é burro ou só dissimulado? Já falei para não me chamar pelo meu nome. Você não passa de um traidor imundo e baixo. Você fugiu para salvar a própria pele e me deixou para morrer! Eu, sua soberana, sua noiva! – Arremessou contra a parede um vaso ornamentado que até então fizera parte da decoração do quarto. – Pensando bem, mandar decapitar Sira foi o melhor que fiz a ela. Livrei-a de um marido que não hesitaria em abandoná-la assim que fosse conveniente!

Guer levantou-se e tentou acalmar a esposa, mas Liarlinde não o deixava se aproximar. Dançaram entre os móveis como presa e predador.

Lia, o que você está dizendo? Eu não deixei o reino por vontade própria, fui obrigado a partir!

Essa é boa! Foi obrigado a se casar com Sira também?! Aposto que estava morrendo de tristeza por ter que se unir a uma moça bonita e ainda virar herdeiro do trono! Sorria, Guer, o plano saiu melhor que o esperado! Agora você não será apenas senhor de Kasei, mas de todo o planeta!

Como pode dizer isso?!

Não levante a voz para mim, traidor! Aceite o que somos, esta piada sem graça. A mulher traída e o homem vendido!

Liarlinde acertou um sonoro tapa no rosto do marido. Guer não foi capaz de esboçar reação. Até aquele momento, julgara estar vivendo o dia mais feliz de sua vida. A mulher que amava não só estava viva como se casara com ele. Era uma poderosa e linda guerreira e a personificação de tudo o que ele desejara nos últimos anos.

No entanto, conforme o rapaz se dava conta das reais intenções de Liarlinde, a história ganhava contornos de pesadelo.

Se me despreza tanto – disse –, por que quis se casar comigo?

Porque, Guer, diferente de você, eu cumpro a minha palavra. Jurei aos deuses que desposaria você e mais ninguém, não jurei? Pois aqui estamos, casados! Marido e mulher, afinal. Minha palavra te salvou das mortes cruéis que a minha mente preparou para você, mas não vai impedir um destino igualmente trágico. Você é apenas um rei consorte, não tem poder algum. Deve obediência e sua própria vida à sua senhora.

Guer sentiu o mundo girar e buscou apoio na cama. Sentou-se.

Entendo... Sou seu escravo...

Ah, não é tão burro quanto eu pensava! Ótimo!

O silêncio voltou a reinar entre os dois. Liarlinde tentava manter-se de pé enquanto Guer a encarava, estarrecido.

Não tem nada a dizer, *escravo*? – provocou a rainha.

E então o rapaz teve certeza de que caíra em uma armadilha. Liarlinde jamais tivera a intenção de perdoá-lo. Em vez de uma punição rápida, reservara-lhe anos e anos de tortura conjugal. Guer suspirou, arrasado.

O que pode um simples servo dizer a tão grande rainha? – murmurou com voz séria. – Aguardo as suas ordens, majestade, para proceder de acordo com a sua vontade.

Não vai se defender?

Ora, não cabe a um escravo ser insubordinado. Devo minha vida e meu respeito à senhora, e estou aqui para servi-la. Manterei a pouca honra que me resta.

Liarlinde bufou. Tinha se preparado para uma guerra, mas Guer a desarmava com aquelas palavras. Ela queria que ele retrucasse, que elevasse a voz, partisse para cima dela. Todo o seu corpo desejava que o marido a atacasse, para que ela pudesse revidar e sangrá-lo como desejara por todos aqueles anos. No entanto, o homem se mantinha impassível, os olhos baixos, a perfeita imagem da submissão.

Que seja! – bradou ela afinal. – Comece a me servir saindo de cima do meu leito. Mandei separar alguns trapos para você. Pode deitar-se ao pé da cama e montar guarda durante a noite, já que é membro de minha guarda pessoal.

Como desejar, majestade. Não precisava ter se incomodado com os trapos, estou acostumado ao chão.

Nenhum dos dois dormiu. Guer tinha os olhos fixos no teto enquanto a mente viajava tentando entender os últimos acontecimentos. Liarlinde chorava em silêncio, abafando os soluços em um travesseiro. E os dois remoíam a dor de estarem ligados de forma tão perversa.

Guer levantou-se por volta do meio-dia. Apesar de ser verdade que já tivesse dormido muitas noites em chão duro, a sensação nunca era agradável. A dor nas costas incomodava, mas não tanto quanto as palavras de Liarlinde. No dia anterior, imaginara-se acordando revigorado depois de uma maravilhosa noite de amor com a esposa que tanto esperara. A verdade não poderia ser mais frustrante.

Liarlinde sentou-se na cama e abraçou os joelhos. Ainda estava vestida de noiva, mas tinha os cabelos desgrenhados, uma aparência selvagem que de alguma forma realçava sua beleza. Guer sentiu o coração apertar. Por um segundo, teve esperanças. Quem sabe a noite anterior não tivesse passado de um engano? Liarlinde estava bêbada, talvez nem se lembrasse de nada. A realidade estapeou-o sem demora.

Aonde pensa que vai?

O rapaz suspirou, decepcionado.

Pensei em fazer a higiene matinal, minha senhora. Mas não farei, se não for de sua vontade.

Ah, sim, deve ir se lavar. Afinal, para todos os efeitos, você é um rei. Fora deste quarto somos um casal perfeito, está entendendo?

Como quiser, majestade. As aparências serão mantidas.

Nos dias seguintes, tantos foram os sorrisos e delicadezas em público que nenhum dos súditos notou nada de errado. Pelo menos até uma tarde em que Liarlinde disse ao marido ter uma surpresa para ele. Guer sorriu e beijou-lhe a mão, fingindo-se profundamente agradecido. Tambores rufaram quando quatro soldados entraram na sala do trono carregando um grande volume oculto sob um manto vermelho. Eles puseram a surpresa diante dos reis e todos ao redor aguardaram com ansiedade. A um sinal de Liarlinde, Empírico aproximou-se. Sorriu uma banguela de escárnio.

A rainha espera que seu marido aprecie o presente que lhe oferece – e, com essas palavras, puxou o manto.

O tecido vermelho caiu com graça, revelando uma espécie de gaiola. Dentro dela, um homem muito magro se contorcia. Estava nu, exceto pelas amarras que lhe prendiam pés e mãos e pelo pano encardido que lhe tapava a boca. Guer sentiu a garganta secar imediatamente. Todo aquele tempo, pensara que o pai havia morrido durante a invasão de Kasei. Chorara por ele nos dias em que ficara encarcerado. Agora, dava-se conta de que a verdade era muito mais cruel.

Nunca tinha visto o pai tão abatido. O velho comandante exibia hematomas hediondos por todo o corpo, mas o que mais chamava atenção era a extrema magreza. Não devia estar sendo alimentado com mais do que um pouco de farinha. Lut pareceu perdido ao ver o filho ao lado daquela mulher desconhecida, mais ainda ao reconhecer Empírico, que soltava risadinhas a seu lado.

Como vai, Vallunda? – começou Liarlinde. – Lembra-se de mim? Faz alguns anos desde a última vez que nos vimos, mas creio que o senhor não deve ter se esquecido. Eu não passava de uma menininha presa sob alguns escombros. Você fugiu quando eu mais precisei de ajuda... Está lembrado?

Lut olhou em volta com os olhos esbugalhados. Tentava sem sucesso esconder a genitália entre as pernas.

Devo apresentar-lhe o senhor meu marido – continuou a rainha apontando para Guer. – Finalmente conseguimos nos casar. Ora, por que parece tão incomodado, Lut? Você deveria estar exultante! Enfim uniu seu sangue ao da monarquia, como sempre quis. E, como reconhecimento pela façanha, ganhará um lugar de honra em meu reino. Podem içar!

Os soldados que trouxeram a gaiola levaram-na até um canto da sala do trono, onde um pesado gancho encaixou-se a ela. Os homens então puxaram até que Lut sacudisse nas alturas.

Meu marido parecia triste por ficar longe do pai. Agora os dois sempre poderão ver um ao outro. Espero que tenham gostado da surpresa. Empírico, música!

Liarlinde tirou Metvel para dançar e logo outros casais se juntaram a eles. Disfarçavam a perplexidade com passos animados. Algumas senhoras olhavam horrorizadas para a gaiola, mas ninguém ousava contrariar a rainha.

Dois dias depois, Liarlinde nomeou um regente para Kasei e partiu em direção ao próximo reino a ser conquistado. Lut e sua gaiola foram junto.

III

Liarlinde terminara uma longa inspeção pelo exército e tudo o que desejava era um bom banho nos lagos gelados de Arcádia. Infelizmente, eles estavam a milhares de quilômetros e o máximo de conforto de que ela dispunha no acampamento era um balde ou dois de água de tempos em tempos para lavar as partes críticas.

Guer esperava pela esposa na tenda que os dois dividiam. Quando ela chegou, jogando as botas desgastadas em um canto, ele enrolou o papiro que estivera lendo e fez uma reverência. Pouco depois, Atara trouxe uma jarra de chá de erva-do-Arsia. Liarlinde andava enfrentando dificuldades para dormir sem a bebida. Era assim quase todas as noites.

Como está se sentindo, majestade? – disse a estrelata enquanto servia um copo. – Parece cansada.

Exausta. Sabe como é, nem todo mundo passa o dia inteiro lendo papiros.

A escrava olhou rapidamente na direção de Guer, que enfrentava a esposa com os olhos ligeiramente cerrados, e logo baixou a cabeça.

O rei deseja um pouco de chá? – perguntou.

Não, Atara, muito obrigado. Nem todo mundo tem a consciência tão pesada que não consegue dormir à noite.

Liarlinde encarou-o com cinismo e a estrelata retirou-se, constrangida. Assim que ficou a sós com a esposa, Guer tornou à leitura de seu papiro. Enquanto a rainha comandava as tropas, ele preenchia o tempo livre com divertimentos. Na falta de uma ordem expressa sobre o que deveria fazer, mantinha-se à disposição, ocupando a mente com alguma leitura. Quando estava assim, relaxado, apresentava um tique nervoso que Liarlinde notara algumas semanas antes. Costumava brincar com aquele medalhão de ferro que usava pendurado no pescoço. Escorregava-o pela corrente, fazendo um barulho irritante, às vezes punha-o na boca. Era assim que estava agora, lendo com o medalhão entre os dentes. Liarlinde pigarreou.

Sabe que dia é hoje, Guer? – disse, pousando o copo de chá sobre uma mesinha.

Não faço ideia.

O rapaz a observava com o rosto um pouco baixo, o que realçava algumas rugas na testa dele. Ainda tinha a corrente na boca.

Pense um pouco, querido. Tem a ver com aquela sua noivinha ridícula.

Liarlinde caminhou até o marido e sentou-se no braço da cadeira que ele ocupava. Puxou o medalhão com delicadeza até ter o coração de ferro entre os dedos. Detestava aquela joia.

E então, nada? – insistiu.

O marido deu de ombros.

Dois meses, Guer. Dois meses desde que mandei decapitar sua amada Sira.

O rapaz fechou os olhos, lembrando-se da pobre princesa kaseiniana. Sira tinha cabelos encaracolados cor de palha e olhos azuis sem brilho. Vivia assustada pelos cantos do palácio. Era a mulher mais assustada que ele já tinha visto. Os dois não deviam ter trocado mais do que três palavras antes do dia do casamento.

Que ela descanse em paz – murmurou Guer.

Não há descanso para traidores e rebeldes.

Liarlinde continuava segurando o medalhão, com tamanha força que os nós de seus dedos ficaram brancos. Estava muito próxima de Guer, podia sentir o calor que emanava do corpo dele e o ritmo sereno de sua respiração. Por um segundo, esqueceu-se de que deveria odiar o marido e teve um impulso de abraçá-lo. Queria com todas as forças ser amada por aquele homem. Quando notou a frieza com que ele a olhava, porém, voltou à triste realidade de seu casamento.

Achei que você gostaria de se lembrar da data – disse, enquanto se afastava. – Mas talvez seja hora de superar o luto e deixar as recordações partirem. É a mim que você pertence agora.

Não compreendo o que deseja, senhora. Por favor, seja mais específica para que eu possa fazer sua vontade.

O medalhão. O que tem aí dentro, afinal? Um retrato de Sira? Fios daqueles cabelos sem graça?

Guer tocou a joia, subitamente encabulado. Rodou o coração entre os dedos, sorrindo de leve, como se estivesse revivendo outras épocas.

Memórias de dias melhores – disse. – De pessoas melhores.

Pois eu acho que você deveria se livrar dele. Esses tais dias e pessoas estão mortos, melhor faria em esquecê-los.

Ordena que eu jogue meu medalhão fora?

Encararam-se. O rapaz nunca desistia de representar seu papel de bom escravo.

Não, Guer, foi apenas uma sugestão.

Então prefiro mantê-lo.

Liarlinde deixou a tenda e foi caminhar pelas dunas próximas ao acampamento. Precisava respirar ar puro. O modo como ela e o marido se tratavam a estava sufocando. Já havia suportado dois meses daquelas alfinetadas constantes e estava começando a se cansar. No entanto, toda vez que via Lut em sua gaiola, era transportada de novo ao dia da queda de Arcádia e aos anos como guerreira mercenária, à sua quase morte por alergia, fome e sede e a todas as dificuldades que passara por causa da traição daqueles dois. Sentia de novo o ódio fulminando no peito e a certeza de que, por mais que os punisse, jamais conseguiria fazê-los experimentar metade do que ela tinha passado como uma pequena órfã escravizada no deserto durante anos e anos.

Quando voltou à tenda, encontrou o marido do lado de fora, entretido com alguma coisa que tentou esconder ao vê-la se aproximando. O rapaz tinha respingos escuros de tinta nas mãos. Liarlinde sentou-se a seu lado.

O que estava fazendo? – perguntou a moça, com genuíno interesse. – Voltou a desenhar?

Não era nada.

Deixe-me ver... Você nunca teve vergonha de me mostrar seus desenhos.

Ela o encarava com aqueles olhos verdes irresistíveis.

Como a rainha quiser...

Não sem hesitar, Guer passou o papiro à esposa. Liarlinde segurou a imagem com as duas mãos, analisou-a e então riu. Era a última coisa que Guer esperava. Pensou que ela fosse gritar, espernear e atacá-lo com outro de seus frequentes tapas, mas ali estava ela, divertindo-se com a caricatura da própria imagem. Metade deusa, metade monstro. Bela e terrível, assim ele a desenhara.

É desta forma que você me vê? – perguntou a rainha. – Devo ter deixado escapar alguns dos meus chifres na última vez em que vi meu reflexo.

Não é a senhora no desenho.

Ela riu ainda mais.

Você nunca foi bom em mentir, Guer. É um excelente traidor,

mas um péssimo mentiroso, embora seja ótimo em fazer promessas falsas. – Deitou-se na areia. – Sempre invejei sua habilidade com o lápis, sabia?

Jamais suspeitei.

Mas é verdade. Se eu soubesse desenhar, as aulas de Empírico teriam sido bem menos chatas!

Guer deixou escapar um sorriso com aquela memória remota. As aulas do conselheiro eram de fato insuportáveis.

Talvez – emendou o rapaz. – No entanto, veja aonde elas a trouxeram. Você é praticamente a soberana de todo o planeta. Instituiu a Bula sobre a qual tanto estudou e agora Marte volta à paz. Se tivesse perdido tempo desenhando, talvez tivesse virado uma oficial estúpida e manipulável que se vende pela vontade alheia.

Liarlinde encarou-o em silêncio. Depois voltou a olhar para o desenho.

Acho que todos somos um pouco do que não queremos ser, afinal.

Guer também deitou na areia e ficaram os dois a olhar para o céu, como faziam quando crianças. Algumas estrelas brilhavam no alto, mas a maior parte estava oculta pela poeira da atmosfera.

Você ainda acha que eles estão lá em cima, Guer?

O rapaz hesitou.

Honestamente – disse –, não sei se acredito mais nessas coisas. Nem em justiça ou amor. Não sei se ainda acredito em qualquer coisa.

Liarlinde fechou os olhos e manteve um longo silêncio. Quando tornou a falar, a voz saiu embargada.

Sinto tanto a falta deles... Sobrevivi a anos no deserto, conquistei dezenas de reinos, mas nunca ouvirei de meus pais se estão orgulhosos de mim ou não. Mal me lembro dos rostos deles, na verdade. Não seria o esquecimento também uma forma de traição? Talvez você e eu sejamos mais parecidos do que pensamos, afinal.

Somos dois frustrados, já é um bom começo. E parece que temos um prazer sádico em machucar um ao outro.

Liarlinde riu.

Você tem razão – emendou. – Sou mesmo uma frustrada. Uma frustrada rala e amarga. Mas sinto muito, Guer, não vou desistir da vingança. É a única coisa que me traz alguma alegria.

Nos últimos meses, Liarlinde vinha buscando o contentamento que lhe faltava na vida aplicando-se na punição do general Vallunda. O homem sobrevivia basicamente dos restos de comida que o filho era autorizado a jogar para ele após o jantar e mal lembrava o chefe militar cheio de pompa que fora um dia. Passava noite após noite em sua gaiola, às vezes pendurado no teto de algum salão real, às vezes sacolejando nas carroças dos escravos. Nunca mais tomara um banho e as poucas gotas d´água que ingeria eram dádivas a serem conseguidas às custas de trabalhos forçados, que era como se mantinha ocupado.

Na cozinha, era obrigado a descascar marbulhas, o que o deixava coberto de uma alergia purulenta e fétida. Quando não viajava na gaiola, seguia atrás da caravana enterrando os dejetos dos pirofantes de Liarlinde, às vezes servia de banco quando ela queria alcançar um lugar alto, ou era forçado a escovar os dentes de Empírico, que fazia questão de acumular bastante sujeira na boca para cuspi-la «sem querer» no rosto de Lut. «Sou velho e banguela», dizia. «Não seguro nada na boca». Era impossível para Guer olhar para a esposa sem que a imagem do pai humilhado lhe viesse à mente.

Não nego o seu direito de se vingar – disse o rei –, embora não concorde com a forma como o faz. Acho que você poderia ao menos tratar meu pai com um pouco de dignidade.

Ha! – Liarlinde sentou-se com o rosto queimando. – Acha que ele não merece o tratamento que recebe? Me deixar para morrer foi pouco, talvez? Quem sabe eu não devesse dar a ele alguma recompensa por me abandonar no momento em que mais precisei de ajuda. Não, Guer, ele não merece ser tratado com dignidade alguma. Um homem desonrado desconhece o significado desta palavra. Só eu sei o mal que ele me fez e só eu saberei a medida da punição correta. Se ele hoje está preso em uma gaiola, é porque foi assim que eu me senti nos últimos anos, quando fui mantida escrava. Presa, encurralada, sem saída. Em vez de me censurar, você deveria me agradecer por ter recebido uma punição tão branda. Não se esqueça de que você também é um traidor. Quanto a isso, estamos conversados.

Liarlinde não falou mais com o marido durante os próximos dias, a não ser para dar ordens. Tratava-o como um serviçal. Deu-se o cerco, a invasão e a conquista do reino de Mamers sem que os dois trocassem qualquer palavra, nem nos aposentos privados, nem para enganarem os súditos sobre sua situação marital. A rainha fazia questão de ignorar o esposo, de tal forma que ele parou de tentar falar com ela. Mas ainda se olhavam. Aliás, era uma das formas de tortura que Liarlinde parecia ter adotado. Não precisava dizer nada para mostrar a Guer o tamanho de seu desprezo.

Estavam agora em um jantar, esbanjando a riqueza que tinham acabado de conquistar. Liarlinde refulgia em um vestido dourado – sempre gostava de abandonar a armadura durante esses eventos – e passara a maior parte da noite enviando seus olhares maldosos a Guer. Não conseguia mais aguentar aquela indiferença velada. Queria provocá-lo. De repente, levantou a voz:

O Vale de Mamers é nosso! – gritou, e uma salva de urros saudou a rainha. – O que é que estamos fazendo parados? Eu quero música!

Guer preparou-se para acompanhar a esposa, mesmo contra vontade, mas ela ignorou seu gesto. Passou pelo marido como se não ele existisse e arrancou Metvel dos braços de uma escrava. Rodopiou com ele, agarrada a seus braços fortes e a seus cabelos loiros empoeirados. Colou o rosto ao do mercenário e não se importou em manter uma distância mínima entre os corpos. Dançavam tão grudados que Metvel começou a entrar no ritmo e precisou de dois tapas para entender que sua mão boba não era bem-vinda.

Liarlinde rodava selvagem, os cabelos soltos chicoteando o rosto do parceiro. Embora parecesse absorta na dança, continuava a reservar olhares significativos ao esposo, que a observava com passividade. Terminou o baile com um beijo estalado nos lábios de Metvel e foi sentar-se corada e arfando. Ria como se tivesse acabado de ouvir a piada mais engraçada de todo o planeta. Guer não se manifestou.

Ah, esse Metvel... – incitou Liarlinde. – Nos amamos como irmãos. Difícil não amar um homem de verdade como ele.

A senhora não me deve explicações – replicou Guer sem olhar para ela. – É livre para se esfregar com quem quiser.

Como disse?

Perdão, minha rainha, como deseja que eu reformule minha frase?

Liarlinde não respondeu. Apenas acenou para um guarda, que espetou um cabo de metal em Lut. O velho gritou e gemeu, Guer segurou a respiração e ficou em silêncio.

Espero que não volte a me confundir com uma de suas princesinhas vagabundas, Guer. Sou sua rainha e sua senhora. Exijo mais respeito das próximas vezes.

E seu escravo fará como exige, majestade.

Quando foram para o quarto, mais tarde naquela noite, Liarlinde despiu-se na frente do marido. Nunca tinha feito isso antes. Tirou peça por peça, devagar, espalhando-as pelos aposentos – inclusive sobre Guer – até que ficou totalmente nua. Cantou, escovou os cabelos, dançou. O rapaz sabia que tudo aquilo era para deixá-lo louco e tentava desviar os olhos, mas não podia evitar uma espiadela ou outra.

Você me acha bonita, Guer? – perguntou Liarlinde com a voz mole de lodorrum. Estava de bruços sobre a cama dos reis assassinados de Mamers, olhando insinuante para o marido deitado no chão.

Por fora, sim. Muito.

Por fora? – ela riu. – Por dentro eu sou o monstro que você desenhou?

Eu não saberia dizer, minha senhora, sinto que não a conheço mais. Em um momento parece me odiar, no outro me provoca.

Liarlinde ajeitou uma mecha de cabelo atrás da orelha e lançou a Guer um olhar ébrio.

É por isso que você nunca tentou se deitar comigo? – arriscou.

Não achei que a senhora quisesse tais intimidades com um simples escravo. Talvez devesse chamar Metvel, ele parece um homem à sua altura. E certamente não hesitaria em responder a uma intimação deste tipo.

Quem sabe eu não o chame, mesmo...

Como queira, senhora. Por favor, avise-me caso deseje que eu deixe o quarto.

Quando Liarlinde aceitou que o rapaz não cederia às provocações, afundou muda entre os lençóis.

Antes de pegar no sono, Guer pensou ouvir a esposa chorar. Isso já tinha acontecido algumas vezes, e seu primeiro impulso sempre era o de ir abraçá-la. Mas logo as imagens de Lut enjaulado e as da própria humilhação o dominavam, de forma que apenas rolava para o lado e se convencia de que estava ouvindo coisas.

No dia seguinte, porém, quando Liarlinde não se levantou, foi impossível abafar a preocupação. Ela estava prostrada sobre a cama, o corpo nu suado e pálido. Parecia muito abatida. Guer não fez sequer a higiene matinal. Sentou-se ao lado da esposa na cama e verificou se respirava, baixando o rosto até as narinas dela. Liarlinde abriu os olhos e sobressaltou-se ao ver o marido tão perto. Tentou repeli-lo, mas percebeu que estava fraca demais. A noite tinha sido fria e ela dormira desprotegida.

Você está bem, Lia? – perguntou Guer com voz preocupada.

Como poderia, com seu bafo na minha cara?

Seu hálito também não cheira como o de uma rainha.

Tratante – respondeu Liarlinde com uma tosse rouca. – Saia daqui e peça a Empírico que venha me ver. Não volte até segunda ordem.

O rapaz hesitou, mas obedeceu. Minutos depois, Empírico veio confidenciar-lhe, aos prantos, que Liarlinde tinha pegado uma gripe.

IV

A tosse de Liarlinde era audível a metros da porta de seus aposentos. Lá dentro, a jovem definhava em febres cheias de alucinações. Às vezes parecia conversar com os pais mortos, como se os últimos anos não tivessem existido e ela ainda fosse uma princesinha em Arcádia. Delirava, imaginando-se tranquila nos braços de Guer, amada como uma verdadeira esposa. Em seus desvarios, ele a possuía com doçura, jurando amor eterno, e os dois compartilhavam uma imensa felicidade. Quando a febre dava trégua, porém, ela percebia que os braços que a embalavam eram os de Metvel, não os do marido. Aos poucos, voltavam-lhe à cabeça as ordens expressas que dera proibindo Guer de entrar em seus aposentos enquanto ela convalescia.

Foram dias difíceis, em que qualquer movimento mínimo fazia a cabeça latejar como se tivesse sido atingida por uma maça de guerra. A hora das refeições era sofrida, e foi necessária muita insistência para convencê-la a tomar os sopões insossos que Atara e Midori traziam. Atara, aliás, era uma presença constante. A escrava fora designada para cuidar da limpeza da rainha. Dava-lhe banhos de toalha molhada, limpava as impurezas que Liarlinde despejava sobre a cama e cantava para a moça dormir quando as alucinações eram do tipo que assustava.

Empírico também esteve presente, mas mantinha uma distância segura e sempre cobria o nariz e a boca com um pano. Contava as novidades à rainha, ciente de que ela pouco entendia, e então deixava o quarto para ir chorar suas mágoas. O medo de que Liarlinde sucumbisse o deixava uma pilha de nervos. Ela era sua melhor chance de instituir a Bula no planeta, não sabia o que faria se a menina falecesse.

Certa noite, os piores medos de Empírico quase se tornaram realidade. Em meio à febre lancinante, Liarlinde devolveu o que fora forçada a jantar. Como estava deitada, o caminho natural do líquido esverdeado foi sua traqueia. A rainha tossia e tentava recuperar a respiração enquanto se afogava no próprio vômito. Foi necessário que Metvel realizasse uma série de manobras para conseguir desobstruir as vias aéreas da amiga. Ao fim do processo, Liarlinde parecia ainda mais fraca e perto da morte do que nos dias anteriores.

Foram duas quinzenas de convalescença profunda antes que ela começasse a recobrar um pouco da razão. Tinha perdido muito peso e estava com uma aparência horrorosa. Aos poucos começou a ingerir sólidos e a respirar com menos dificuldade, mas se sentar na cama ainda fazia a cabeça doer. Atara a obrigava a comer e trazia emplastos curativos que aprendera em sua terra natal. Massageava a rainha para aplacar as dores de ter passado tanto tempo deitada e movia seus braços e pernas para fazê-los se reacostumarem ao movimento. Foi nela que Liarlinde se apoiou para voltar a dar os primeiros passos, e Metvel quem a segurou quando quase caiu. Mais uma ou duas semanas foram necessárias para que a rainha conseguisse fazer o mínimo sozinha.

Durante todo este tempo, Guer montara vigília na porta dos aposentos de Liarlinde. Não o deixavam entrar, mas ele procurava manter-se informado de tudo. Agarrava Atara assim que ela deixava o quarto e exigia um relatório completo da situação da esposa. Era mais difícil arrancar informações de Empírico, e não se dirigia a Metvel. Ficava imaginando se o bonitão não se aproveitava de Liarlinde enquanto ela estava tão frágil. Aliás, já fizera muitas conjecturas sobre esta tal relação de irmãos entre a moça e o guerreiro. Os dois tinham crescido juntos, talvez tivessem descoberto muitas coisas um com o outro... talvez mais do que ele suportaria saber. Preferia fingir que o mercenário não existia.

Por mais que Liarlinde o tratasse mal, sabia que ela também sofria com aquele casamento falido. Talvez por isso não conseguisse deixar de se preocupar com ela. Punha-se a pensar como seria ter passado os últimos anos com um grupo de mercenários, sem os pais ou qualquer pessoa conhecida além do ambicioso Empírico, que claramente a manipulava em prol dos próprios objetivos. E então, quase podia compreender o ódio que a esposa destilava sobre ele. Ainda que às vezes tivesse vontade de bater nela, não queria que Liarlinde morresse.

Era a esses pensamentos que se entregava quando Empírico veio buscá-lo. O velho tinha uma expressão contrariada e não tentou ser educado ao anunciar, com secura, que a rainha desejava ver o marido. No quarto, tudo estava impregnado com o cheiro amargo da doença. Sobre a cama, perdida entre os lençóis, uma figura pálida fitava o rei. Os olhos da moça não tinham mais o mesmo brilho.

O que tem feito sem as minhas ordens, Guer? – começou Liarlinde. – Como tem passado seus dias de escravo liberto?

Para ser sincero, preocupado com você. Ainda é minha esposa.

Por favor, acabo de voltar da morte. Poupe-me do seu cinismo pelo menos por alguns dias.

Não estou sendo cínico. Tome, fiz uma coisa pra você.

Guer sentou-se ao lado da esposa e passou a ela um pergaminho enrolado com uma fitinha azul. Quando a moça viu o desenho, todos os seus músculos se retesaram e as lágrimas brotaram sem que ela conseguisse controlá-las.

Antes de ficar doente, você me disse que não conseguia se lembrar dos rostos deles. Pensei que isto talvez pudesse ajudá-la a se sentir menos... menos como eu.

Parece que eu os estou vendo de novo... – Liarlinde correu os dedos pelos rostos dos pais, que Guer desenhara e colorira com perfeição. – Guer, é o melhor presente que eu já recebi.

Que bom que gostou, minha senhora.

Liarlinde chorou abraçada ao retrato. Parecia tão frágil e desconsolada que Guer pensou em abraçá-la. Na verdade, teve que se segurar para não o fazer.

Devo me retirar? – disse afinal. – Minha presença não foi desejada durante seu mês de convalescença, talvez já esteja farta da minha desagradável companhia.

Guer...

Quer que eu chame Metvel? Ele parece ser um enfermeiro dedicado. Talvez a senhora prefira alguém com mais coisas em comum para passar seu tempo de recuperação. Só gostaria que soubesse que não cumpri minhas obrigações de marido durante sua doença porque seu conselheiro real e aquele brutamontes de cabelos amarelos me impediram. De outra sorte, eu teria estado aqui para segurar sua mão e trocar sua roupa de cama, como um bom e devotado escravo.

Liarlinde sacudiu a cabeça, contrariada.

Guer – explicou –, eu não o quis aqui por medo de ficasse gripado. Metvel é forte, Atara é uma escrava e Empírico sabe cuidar de si mesmo. Não me arrependo. Você usou seu tempo livre em algo maravilhoso. Não tenho palavras para agradecer por este retrato.

Fico feliz em saber que não foi ódio o que me manteve do lado de fora. Só quero que saiba que eu teria cuidado de você.

Ódio? – a moça não conseguiu evitar um sorriso triste.

Liarlinde alisou ainda outra vez o retrato dos pais e fechou os olhos, como se cansada de uma vida inteira. Os lábios entreabertos tremiam um pouco, talvez pela doença, talvez pela perturbação que a acometia.

Você ainda me ama, Guer? Matei e destruí tantas coisas que morro de medo de ter massacrado isso também.

O rapaz não respondeu. Deixou que a cabeça escorregasse pelos dedos e afundou o rosto entre as mãos.

Sei que já a amei. Por anos a fio, e sempre tive esperanças de reencontrá-la. Mas você se tornou tão... imprevisível. Às vezes parece a pessoa de antes, então de repente vira uma cobra amarga que pica para torturar. Eu não sei se posso amar alguém assim.

Vejo que você se julga muito superior a mim. – Liarlinde tornou a abrir os olhos.

Não é nada disso.

Como não? Acabou de dizer que sou mesquinha e volúvel.

E você nega que seja?

Não interessa o que eu sou, não cabe a você julgar. Esqueceu-se de que não passa de um traidor? Como pode querer apontar o dedo para os defeitos de alguém? Isso é patético!

Ambos erramos, deveríamos aprender a perdoar e parar com essa vida desgraçada que estamos levando. Você mesma disse que éramos mais parecidos do que pensávamos. Se você pudesse ver o quanto de patético há em você mesma, talvez mudasse este discurso repetitivo.

Ah é? Por que não faz uma lista do que há de tão patético em mim?

Não tenho papiro suficiente.

Ah!

Liarlinde arremessou um dos travesseiros em Guer com toda a força que conseguiu reunir, mas o rapaz se desvencilhou com facilidade, recuperou o objeto e devolveu o ataque, acertando o nariz da rainha adoentada. Imediatamente correu em auxilio da esposa, que lacrimejava em decorrência da pancada no rosto, pronto para implorar por perdão. Todavia, ao chegar mais perto, percebeu que Liarlinde ria.

Você continua tão bom como sempre foi, hein? Estou meio enferrujada. Talvez um dia, quando eu melhorar, possamos jogar uma partida de batalha almofada para decidir qual de nós é mais o patético.

Só se for uma melhor de três.

Fechado.

A rainha gemeu quando tentou rir mais alto. Os músculos estavam castigados por tanto tempo de tosse ininterrupta. Guer amparou-a e deitou-a sobre uma pilha de travesseiros, garantindo que ficasse confortável. Estavam tão próximos que podiam sentir a respiração um do outro, e, pela primeira vez em meses, o rei sentiu vontade de beijar a esposa. Apesar do que Liarlinde dissesse, do que passassem, ele não conseguia mudar o que sentia por aquela mulher. Se a amava?

Quer saber se a resposta para a sua pergunta? – disse sem tirar os olhos dela.

Mas, antes que Liarlinde pudesse responder, um suado e arfante Empírico escancarou as portas do quarto. Entre cuspidas desesperadas, conseguiu anunciar:

Majestade, temos que ir, o reino de Mamers está sendo invadido!

V

Tudo acontecia como em um terrível *déjà vu*, com o agravante de que não se tratava de uma falha do cérebro de Liarlinde, mas da pura verdade. Quando Empírico terminou de gritar suas terríveis notícias, a rainha apurou os ouvidos e identificou o tinir do aço que se chocava ao longe. Por instinto, levantou-se em busca da espada. Imediatamente a vista escureceu e a moça teve que se apoiar em Guer para não cair. O mundo oscilou e, por um instante, ela achou que estivesse voando. Então os sacolejos e o peito de Guer em seu rosto deixaram claro que estava sendo carregada.

Empírico seguia na frente, com o casal logo atrás. O velho não tinha passado o último mês apenas se lamentando, e descobrira algumas das passagens ocultas do castelo real de Mamers. Depois de vários minutos de caminhada por dentro das paredes, o trio deu em uma saída lateral que desembocava no deserto. Desta vez, porém, o lugar não estava vazio. Na verdade, se saíssem do corredor secreto, os três cairiam no meio da batalha.

Temos que voltar – sussurrou Empírico com uma voz mais trêmula do que o habitual. – Não, é melhor esperarmos aqui mesmo, nos corredores, até que as coisas se acalmem.

Eles retornaram à segurança da penumbra e Guer pousou Liarlinde no chão. Entregou a ela uma faca que trazia presa à panturrilha e manteve para si uma espada.

Quem está atacando, Empírico? – perguntou a rainha. – Por que não fui avisada do perigo?

Bom, majestade – respondeu o velho –, quanto a não ter sido avisada, sugiro que pergunte a Salanur, se tornarmos a encontrá-lo. Ele era o responsável pela guarda. Quanto aos atacantes, provavelmente um grupo fiel a Hyun Ki. Embora eu duvide de que ele esteja presente no ataque. Sabemos que é um covarde.

O trio se acomodou no chão gelado e silenciou por longas horas. De quando em quando, Empírico ia até a saída e checava o progresso da batalha. Estava cada vez mais frio e escuro naquele corredor de pedra, de forma que o sono não tardou a se abater sobre os três.

Eu fico com o primeiro turno – disse Guer. – A Lia precisa

descansar, ainda está muito fraca. Aproveite para dormir um pouco também, Empírico.

Nada disso, ficarei acordado. Não sei se posso confiar no filho de um traidor.

Como quiser, velho ranzinza.

Liarlinde deitou-se sobre a pedra fria e seus ossos gritaram de desconforto. Ela rolou por alguns minutos de olhos abertos na escuridão, ouvindo a respiração atenta de Guer e o pesado ressonar de Empírico, já no sétimo sono.

E ele disse que não iria dormir, hein... – brincou ela em voz baixa. – Estou cercada de pessoas sem palavra.

Ainda acordada?

Não, eu sou sonâmbula... – Liarlinde sentou-se e tateou até encontrar o braço do marido, no qual se encostou. – Estou muito desconfortável, não consigo pegar no sono.

Pode deitar no meu colo, se quiser.

Obrigada, mas eu não mereço. Obriguei você a dormir no chão por todo esse tempo. Quase posso ouvir os deuses zombando de mim, fazendo-me pagar pelo mal que causei.

Minha esposa tendo um surto de humildade? Talvez não devêssemos sair deste corredor nunca mais...

Liarlinde deu-lhe um leve empurrão.

Eu só estava tentando tornar essas horas um pouco mais suportáveis. Estou preocupada com Metvel. Era para eu estar lá fora lutando ao lado dele, mas estou aqui, imprestável, me escondendo como um animal.

Ao lado de seu inútil e covarde marido. Posso compreender por que preferia estar com o mercenário.

Está com ciúmes?

Guer não respondeu. Limitou-se a soltar uma risadinha, que Liarlinde imaginou ter vindo acompanhada de seu sorriso torto. Não podia ter certeza, porém, no meio de todo aquele breu.

Que direito teria um escravo de sentir ciúmes de sua senhora? Ainda mais em nossas circunstâncias. Como você gosta de repetir, eu a abandonei e o bando de Metvel a salvou. Não é difícil imaginar com quem preferiria passar seu tempo.

Na verdade, eu odiei Metvel por muitos meses. Quem me resgatou foi o pai dele, Zvlav. Ele fez de mim e Metvel os guerreiros que somos hoje, e sempre quis que nos casássemos. Para decepção dele, nós crescemos como irmãos e nada mais. Nós nunca... nunca nos vimos dessa forma. Além do mais, eu sempre disse a eles que eu já estava prometida a outro.

Então vocês dois não chegaram a...

Tivemos nossos momentos de dúvida, mas não. Sempre acabávamos voltando à razão. Met e eu nunca daríamos certo. E eu sempre soube que um dia iria te encontrar de novo.

Abriu mão de Metvel pelo prazer de me humilhar? Devo sentir-me honrado, ele não parece o tipo de cara que as mulheres costumam dispensar.

Liarlinde bufou e afastou-se.

Você parece ter prazer em destruir nossos bons momentos, sabia? Por que fala assim?

Talvez os meses de escravidão vendo meu pai definhar em uma gaiola tenham afetado meu juízo.

Devia ter pensado melhor antes de me abandonar, se não queria pagar por isso depois. Estou apenas dando a um traidor o que ele merece.

Guer soltou um riso sarcástico.

Sabe, Lia – acrescentou –, às vezes eu me pergunto se você acredita mesmo nas coisas que diz ou se está apenas repetindo o que esse velho desgraçado sussurra nos seus ouvidos.

Você tem raiva porque a lealdade dele a mim te humilha. Eu já estaria morta se não fosse pelo Empírico. Não pense que ele não me contou como você fugiu feito um covarde enquanto ele gritava por ajuda tentando me salvar.

Ah, ele te contou isso, foi? Será que ele se lembrou de mencionar que eu fui arrastado para fora daquele castelo aos berros, implorando para ficar e te resgatar? Por acaso ele disse que, quando eu perguntei como você estava, ele ignorou a pergunta e só pensou em salvar a própria pele? O seu amado conselheiro te explicou que eu era apenas um garoto assustado, com os dedos em carne viva de tanto retirar escombros em busca da minha noiva soterrada? E que eu fui com meu pai porque achei que não tinha mais ninguém no mundo?

Do que você está falando? – perguntou a moça em um sussurro exaltado.

De alguma forma você vai ter que enxergar o que aconteceu naquele dia, Liarlinde! Eu nunca te abandonei, essa é a verdade. Empírico te contou que o dia do nosso casamento foi a primeira vez em anos que eu comi uma mangala, porque sempre que eu via uma me lembrava de como você gostava delas e então não conseguia engolir? Sim, eu ia me casar com a pobre da Sira. Porque achei que você tinha morrido. Porque não via sentido em nada. Porque meu pai arranjou tudo e eu me deixei manipular como um boneco. Há pouca honra nisto? Sim. Mas eu era um homem morto até te reencontrar. Morto por pensar que você tinha partido.

Guer...

Não, agora você escuta! Parece que o Empírico é especialista em dizer meias verdades e você em acreditar só no que convém. Eu passei todos esses anos lutando por um reino estranho, prometido a uma princesa com a qual mal troquei três palavras, e o pior, pensando em você todos os dias da minha vida. Você viveu um inferno? Bem-vinda ao grupo, porque eu também. Sim, nós somos mais parecidos do que pensamos, e não, nós jamais conseguiremos ficar longe um do outro. Você perguntou se eu ainda a amo... Eu nunca deixei de te amar, sua idiota cabeça-dura! Será que você pode fazer o favor de enxergar isso?

Liarlinde tocou-lhe o rosto, mas ele a rechaçou.

Então você quis ficar? Você quis mesmo ficar? Lut te forçou a ir?

O que importa agora, Lia? – respondeu Guer com um suspiro cansado.

O rapaz afastou-se no negrume para esfriar a cabeça. Não era um traidor, jamais tinha sido. Fora, sim, um garoto dependente e apavorado. Covarde, talvez. Traidor, nunca. Se o pai não o tivesse carregado, teria ficado com Liarlinde até a morte.

Atordoado, caminhou até o fim do corredor e verificou o andamento da batalha. Lá fora a noite caíra, bem como diversos soldados, de ambos os lados. Guer pensou ter vislumbrado Metvel por um momento, montado em seu pirofante de guerra, e alguns escravos lançando esferas flamejantes contra os invasores. Procurava a gaiola do pai quando ouviu um grito ecoar pelo corredor.

Todos os pelos de seu corpo se eriçaram no instante em que reconheceu as vozes de Liarlinde e Empírico clamando por socorro. Correu de volta para eles, mas seus passos pareciam pequenos contra o tinir do metal. Ao alcançá-los, viu que três soldados invasores arremetiam contra o velho e a rainha. Empírico distribuía cajadadas ao léu e Liarlinde, ainda sentada, tentava manter-se viva com apenas a faca e sua habilidade de se esquivar, bastante limitada por conta da doença.

Um dos soldados trazia um archote, e essa era toda a iluminação de que dispunham para a luta. Assim que entrou no combate,

Guer puxou Liarlinde e o conselheiro para trás de si, empunhou a espada e partiu para o ataque. Dividiu o primeiro soldado ao meio sem dificuldades e golpeou o segundo sem parar para tomar fôlego. Não lutava com a mesma técnica que Liarlinde e cometia erros banais, mas era bom a seu modo. Quando partiu para cima do soldado que segurava o archote, porém, escorregou no sangue dos outros dois e acabou levando um golpe de facão no ombro direito. Não sentiu dor, apenas ódio. O que sobrou do serpentino que o atacou não poderia ser identificado como tendo um dia feito parte de um ser vivo.

Liarlinde também estava ferida, mas viva. Empírico tremia tanto que mal conseguia se manter de pé.

Não é mais seguro ficarmos aqui – o conselheiro cuspiu entre os dentes que lhe restavam. – Temos que sair agora mesmo!

O trio seguiu pelo corredor escuro até a saída para o campo de batalha. Lá fora, a movimentação havia diminuído um pouco. A luta deslocara-se para mais perto dos portões do castelo e poucos eram os soldados por ali no momento. Guer abriu a grade com o máximo de discrição e saltou, aparando a queda dos outros dois a seguir.

Apesar de fraca, Liarlinde conseguiu arrancar uma espada do corpo de um soldado abatido. O peso do metal era quase mais do que podia carregar, mas a adrenalina da batalha já começara a encher-lhe as veias. O trio cambaleou, desviando dos mortos, até que Guer acertou um machado de guerra contra um pirofanteiro distraído e o derrubou. Liarlinde montou na frente, Guer protegeu a retaguarda e Empírico abrigou-se entre os dois sobre o lombo do animal. Seguiram na direção contrária da batalha, tomando cuidado para evitar possíveis acampamentos dos invasores.

Não foram muito longe, porém. Sabiam que, por longos e longos quilômetros para além do reino de Mamers, só existiam montes intermináveis de areia. Empírico e Liarlinde já haviam tentado a sorte assim uma vez e, não fosse pelo bando de Zvlav, estariam mortos e enterrados sob o deserto.

No momento em que desmontou do pirofante, Liarlinde tinha o rosto encovado, cheio de olheiras, e a respiração difícil. Cambaleou e encostou-se ao animal em busca de apoio. Guer estava alguns metros afastado, ainda perturbado pela conversa no corredor. Já Empírico reclamava das dores que a longa marcha lhe deixara nas cadeiras.

Empírico – interrompeu a rainha –, é verdade o que Guer me disse antes? E não finja que você não estava ouvindo.

Perdão, majestade, a que...?

No dia da queda de Arcádia, Lut forçou Guer a ir embora? Ele teria mesmo ficado? Pelo amor dos deuses, homem, eu preciso saber a verdade!

Posso ter deixado um ou outro detalhe de fora – dissimulou o velho. – Mas...

Empírico! Como pôde?

Majestade, nada muda o fato de que Guer a abandonou! Importa mesmo qual era a intenção dele? A meu ver, o que interessa são as ações. Não foram intenções que salvaram sua vida, e sim o meu conhecimento das passagens secretas de Arcádia.

Liarlinde caiu muda sobre as areias.

As horas passaram sem que o trio tivesse ideia do que acontecia em Mamers. Era impossível saber o andamento da batalha, especialmente depois que uma brisa de fim de tarde levantou uma cortina de areia por todo o lado. Liarlinde tremia junto ao pirofante. Ainda não se restabelecera por completo da gripe e vaguear ao relento não estava ajudando em nada.

Posso me sentar aqui?

A rainha assentiu.

Guer, eu...

Shhh – interrompeu o rapaz. – Você não parece nada bem, poupe suas forças.

Guer ofereceu os braços, que Liarlinde aceitou de imediato. Assim que o marido a envolveu, a moça foi tomada de um calor reconfortante. Não fossem as circunstâncias em que se encontravam, teria escorregado sem medo para um sono profundo.

A essa altura, todos devem estar pensando que eu morri – murmurou, na tentativa de se manter acordada.

Não seria a primeira vez – respondeu Guer. – Mas parece que você sempre volta.

Em geral, tarde demais...

Ela tinha o olhar distante.

Guer – disse com os olhos no infinito. –, você acha que pode me perdoar? Eu não sabia... Eu sempre acreditei que você tinha pensado apenas na própria pele. Isso não muda muita coisa, mas...

Como você disse – interrompeu ele. – Não muda muita coisa.

Uma lágrima escorreu pelo rosto da rainha. Ela parecia em transe, como se refletisse sobre uma vida inteira.

Às vezes tudo o que eu queria era voltar no tempo. Agora já nos machucamos tanto que, de certa forma, é mesmo tarde demais.

Um silêncio diferente tomou conta dos dois, vindo do fundo dos buracos nas almas de cada um, da tristeza infinita de quem vê algo amado definhar e nada faz para tentar salvá-lo. Guer sentia como se tivesse engolido uma bigorna, enquanto Liarlinde mergulhava no vazio interior mais profundo que já experimentara. Mal notaram a aproximação de Empírico.

Escutem – murmurou o velho. – Estou ouvindo algo.

Os três apuraram os ouvidos. De fato, era possível distinguir o som das patas de um animal se aproximando. Guer pôs-se de pé e tomou a frente do grupo, segurando a espada, pronto para defendê-los. Atrás dele, Liarlinde fez o melhor que pôde para assumir uma postura de luta, enquanto Empírico tratou de esconder-se atrás dos dois. O velho estava a ponto de sair correndo quando reconheceu a face escamosa de Salanur. O serpentino estava coberto de sangue.

Majestade – disse, enquanto desmontava –, um encarregado informou que viu os senhores fugirem do castelo, eu os estive procurando nas últimas horas.

Fico feliz por ter-nos encontrado, já estava me aborrecendo aqui. Como está a batalha?

Seu incompetente! – interrompeu Empírico, cheio de uma súbita bravura. – Por sua culpa quase perdemos nossa preciosa rainha. Se é que não vamos perder, olhe só para ela! Por que não fomos avisados com antecedência sobre a possibilidade de um ataque? Isso foi inadmissível! – E, virando-se para Liarlinde: – Majestade, não sei por que ainda aceita os serviços dessa gentalha inferior! A incapacidade deles está mais do que provada. Acho que já passou do tempo de a senhora banir toda e qualquer criatura como esse serpentino petulante! E aquelas escravas nojentas também! Podemos conseguir servos humanos muito superiores.

Salanur girou os olhos lentamente na direção do velho.

Não sou súdito da sua rainha, sou um mercenário livre. Sirvo a ela enquanto meus bolsos estiverem cheios. Continue me perturbando e essa espada voltará a trabalhar mais cedo do que eu imaginava.

Ignore-o, Salanur – interveio Liarlinde. – Fiz-lhe uma pergunta.

O mercenário retomou a compostura.

Senhora, as tropas de Hyun Ki vieram pelo subterrâneo, por isso não soubemos do ataque com antecedência. Peço desculpas, perdê-la seria uma dor pessoal. Tivemos diversas baixas

– continuou, com um pigarro –, mas conseguimos repelir os invasores. Recomendo, no entanto, que não fiquemos aqui por muito mais tempo. Sugiro que nomeie o quanto antes um regente e que partamos para Mirihi logo em seguida.

E Metvel?

Ferido sem gravidade. Ficou desesperado quando soube que a senhora havia desaparecido.

Guer deixou escapar um suspiro. Ficaria bastante satisfeito se o mercenário não tivesse sobrevivido. Liarlinde segurou as rédeas do pirofante.

Se já for seguro voltar a Mamers, desejo fazê-lo imediatamente.

Liarlinde e Guer dividiram um animal enquanto Empírico e Salanur voltaram em outro. O velho tentou protestar, mas acabou cedendo ante os olhares severos da rainha. Seguiram em marcha lenta até perto do castelo, desviando o máximo possível dos corpos amontoados. Estavam tão distraídos com a cena desoladora que não perceberam o perigo iminente. O ataque foi rápido, inesperado e fatal. Em um segundo, Salanur guiava seu pirofante. No outro, agonizava no chão, atravessado por uma lança afiada.

Liarlinde e Guer se atentaram para o ocorrido quando Empírico passou por eles a todo galope. Assim que Salanur despencou da montaria, o velho agarrou as rédeas e partiu em retirada, berrando para que os outros se protegessem enquanto ele buscava ajuda. Guer não demorou a identificar a origem do ataque. De trás de um monte de areia, três estrelatos inimigos espreitavam.

VI

Tinham trocado de posição. Agora, quem convalescia era Guer. Sentada ao lado do marido, Liarlinde procurava não fechar os olhos, apesar da penumbra que tomava o quarto. Cada vez que o fazia, era açoitada pelas memórias daquela pequena luta que se desdobrara de maneira tão infeliz.

Assim que a escuridão se apoderava de seus olhos, voltava-lhe a imagem de Guer empurrando-a para trás de si enquanto se preparava para enfrentar sozinho o trio de estrelatos. Lembrava-se de como ele acabara com o primeiro em poucos golpes, com o segundo em mais alguns e de como se jogara na frente de uma espada para protegê-la do terceiro, que a atacou por trás. Guer recebera um corte profundo no peito e caíra sem forças, displicente com a própria vida, mas dando chance à rainha de reagir e acabar com o atônito estrelato em um só golpe.

Se Liarlinde fechava os olhos por mais tempo, lembrava-se de como se ajoelhara exasperada ao lado do esposo, banhada em seu sangue, e de como segurara a cabeça dele em seu colo cheio de lágrimas, pedindo aos deuses que não o deixassem partir. Não sabia por quanto tempo tinha ficado assim, talvez não mais do que alguns minutos, mas que pareceram toda a eternidade e mais outra. Até que Metvel a tirou de perto do marido. Ou melhor, arrancou-a. Teve de puxá-la e segurá-la para que aceitasse ficar longe de Guer, que deixasse levá-lo.

Empírico tentou seus melhores métodos para estancar o sangue, mas acabou tendo que admitir que não conhecia técnica capaz de aplacar uma hemorragia daquelas proporções. Metvel chamou as escravas estrelatas, versadas tanto na culinária quanto no curandeirismo, e ainda assim levou algum tempo antes que Guer parasse de sangrar.

Apesar disso, não fosse pelo enorme rasgo no peito, o rapaz pareceria estar apenas dormindo. Estava um tanto pálido, mas a feição era tranquila, relaxada. Quanto a Liarlinde, mesmo fraca, suja e machucada, recusou-se a ir aonde quer que fosse. Fizera questão ficar ao lado do marido.

Mandara trazer água fervida e panos quentes, com os quais começou a apagar as manchas ressequidas de sangue que cobriam Guer. Lavou-lhe as mãos, fortes como as dela, cheias de calos de batalha. Limpou-lhe o rosto, o pescoço, o torso nu onde brilhava o medalhão. Segurou-o entre os dedos: ferro maciço. Era falta de escrúpulos violar a privacidade de um homem indefeso, mas a curiosidade falou mais alto. Liarlinde pôs os panos dentro do balde e segurou o coração de metal com as duas mãos. Depois de algumas tentativas, descobriu como abri-lo. A joia destravou com um clique, revelando seu interior oco. Dentro, apenas uma fitinha vermelha.

Não pode ser!

As palavras saíram em um sussurro engasgado, seguidas por uma cascata de lágrimas. Liarlinde mal conseguia respirar, tamanha era a comoção que lhe preenchia o peito. Dobrou-se sobre si mesma, agarrada à prova definitiva de que tudo o que Guer lhe dissera era verdade. Ele a amava, tanto quanto ela o amava, e nunca deixara de ser assim. Trouxera no peito todos esses anos a fita de cabelo que ela perdera no lago subterrâneo no dia em que recebeu a notícia da morte dos pais. Era uma de suas fitas preferidas, presente de aniversário que ganhara dos reis, jamais se esqueceria dela.

Enxugou as lágrimas com mãos trêmulas e repôs a fitinha no lugar, fechando o medalhão com cuidado. O mais delicadamente que pôde, deitou a cabeça junto à do marido, segurou-lhe a mão esquerda e assim permaneceu por um bom tempo. Foi uma noite de pedidos aos deuses, soluços e remorso antes que Liarlinde pegasse no sono. Acordou com o sol alto no céu quando Guer esboçou um pequeno movimento.

Guer... – acariciou os cabelos do marido. – Guer, pode me ouvir?

Ele não respondeu, mas tentou abrir os olhos.

Quer que lhe traga água?

Guer franziu a testa de tal maneira que ela interpretou como um sim. Correu para o jarro e derramou algumas gotas sobre a boca seca do rapaz. Ele separou os lábios, não mais do que alguns pouco milímetros, e se esforçou para beber. Só então abriu os olhos. Sorriu ao ver a esposa.

Shhh... – pediu Liarlinde. – Não faça esforço. Você está bastante machucado, mas vai ficar bem. – Beijou a testa do marido. – Isso eu te prometo, você vai ficar...

Antes que pudesse terminar a frase, Guer mergulhou de volta para a escuridão do sono. Alguém pigarreou atrás da rainha.

Posso trocar os curativos, majestade?

Liarlinde pulou de susto com a aproximação silenciosa de Midori. Ela olhava para a rainha com a altivez de sempre, como se desprezasse a moça.

Como ele está? – prosseguiu a estrelata enquanto desfazia o curativo anterior, revelando o estado terrível em que se encontrava o ferimento de Guer. – Alguma reação?

Liarlinde afastou-se com um aperto no peito.

Abriu os olhos. Bebeu um pouco de água.

Ótimo.

Midori não demonstrava emoção ao fazer seu trabalho. Removeu as ataduras empapadas de sangue, lavou o corte com unguentos curativos, sussurrou uma prece e tornou a envolver o ferimento com bandagens. Lavou as mãos e levantou o olhar para a rainha, que voltara a sentar-se ao lado do marido.

Se me permite ser bem franca – disse. – Ele está com uma aparência melhor que a da senhora. Vossa majestade já se olhou no espelho?

Liarlinde não respondeu. Não, não se havia olhado no espelho, mas sabia como devia estar parecendo. Ainda vestia os mesmos trapos ensanguentados da batalha, os cabelos estavam despenteados e sujos de sangue. Tinha cortes pelo corpo, alguns hematomas e, é claro, ainda não estava completamente restabelecida da gripe.

Tomei a liberdade de lhe preparar um banho.

Midori fez uma mesura e caminhou na direção da porta, mas Liarlinde segurou-a por um dos pulsos magros. Olharam-se por um segundo.

Obrigada por ajudá-lo – disse Liarlinde com a voz embargada.

E, em vez de ir embora, Midori permitiu que a rainha encostasse a cabeça em seu ventre e chorasse como um bebê.

Passaram-se três dias antes que Guer voltasse a dar sinal de vida, sete para que conseguisse sentar. Quis saber por que ficara tanto tempo desacordado, como tinha sido a batalha, perguntou pelo pai. Liarlinde garantiu que estava tudo bem, embora isso não contemplasse toda a verdade. Muitas coisas tinham acontecido no dia em que Guer se ferira e um evento em especial seria desalentador para o rapaz. Só que Liarlinde não sabia como contar a ele, de modo que falaram apenas de amenidades nos primeiros dias.

Liarlinde escolheu um momento de descontração para dar a notícia. Os dois comentavam as mudanças súbitas de coragem de que Empírico sofria, faziam troça. Guer repuxou o pescoço de dor quando não pôde evitar uma risada mais contundente. E então, Liarlinde resolveu falar.

Guer... precisamos conversar.

Diga, minha rainha – sorriu ele. – Sei que tenho sido um escravo inútil nos últimos dias, mas ainda estou aqui para servi-la.

Por favor, não fale assim.

Eu estava brincando, Lia.

Ela detestava ter que estragar aquele momento. Logo agora, que estavam se dando tão bem.

Guer, eu menti pra você.

O rapaz franziu a testa.

Quer dizer que o seu jogo favorito não é batalha almofada? Você me enganou direitinho esse tempo todo!

Tentou tocar a ponta do nariz da esposa, mas Liarlinde segurou-lhe a mão.

Estou falando sério, Guer.

Pois muito bem. O que é?

A rainha levantou-se e começou a caminhar pelo quarto. Toda sua expressão se alterara, tinha os olhos tristes.

Quando você despertou, me perguntou sobre o seu pai. Eu te disse que ele estava bem, mas a verdade é que não sabemos. A gaiola dele desapareceu durante a invasão a Mamers. – Fez uma pausa para observar Guer, que fitava o soalho, impassível. – Metvel andou averiguando, parece que Lut ainda está vivo, cativo em Mirihi. Seu pai tem muitas informações militares sobre Mamers e Arcádia, é valioso...

Guer não se movia. Aliás, mal respirava. Liarlinde tornou a aproximar-se. Sentou-se a seu lado.

Eu sinto mui...

Não sinta – interrompeu Guer com voz de pedra. – Não sentiu quando o enjaulou, não sentiu quando o humilhou. Então não sinta agora.

Partimos para Mirihi em três dias e resgatar Lut está em nossos planos. Só queria que você soubesse.

Guer levantou os olhos. Estavam fundos de ódio.

Oh, minha rainha, assim a senhora me lisonjeia! Desde quando meu pai e eu somos dignos de vossa atenção?

Desde quando você salvou minha vida duas vezes no mesmo dia, uma delas quase ao custo da sua própria. Desde o dia em que eu finalmente vi que vo...

Não precisa agradecer, não fiz mais do que o meu dever ao salvá-la, senhora.

Eu sei – disse ela, com uma pontada de mágoa. – Dever do qual pretendo libertá-lo agora. Como eu disse, você deu sua vida por mim duas vezes em um mesmo dia. Redimiu sua traição. Quando melhorar, estará livre para ir, se me conceder o divórcio.

Guer demorou alguns segundos para assimilar a surpresa que aquelas palavras lhe causaram.

Você quer o divórcio?

Quero libertar você.

E meu pai?

Liarlinde suspirou.

Sinto muito, Guer, Lut será meu prisioneiro até o fim de seus dias. Prometo tratá-lo melhor. Com dignidade, como você me pediu, mas libertá-lo é muito mais do que o meu coração permite. Ele não foi forçado a me abandonar, o fez de livre vontade.

Minha rainha... – Guer fez uma longa pausa, e então recomeçou: – Que honra haveria em um homem que deixa sua senhora e renega seu velho pai? Para onde iria eu? Se a decisão de conceder-lhe o divórcio ou não está de fato em minhas mãos, preciso declinar dela. Sou um escravo, filho de um cativo, seu esposo, e é isso que sou.

Houve um segundo interminável de silêncio. Olhavam-se nos olhos, vendo um no outro a mesma tristeza infinita.

Pois bem, como queira. – Liarlinde levantou-se e caminhou até a porta tentando parecer indiferente. – Toque a sineta se precisar de algo. – E antes de sair: – Guer, eu realmente sinto muito.

O ar pareceu pesado quando Liarlinde deixou o quarto. Por que era tão difícil respirar? Ao mesmo tempo que estava feliz por continuar casada, sentia um abismo mais profundo que a Fossa Thaumasia se abrir entre ela e o marido. Alguns minutos antes estavam rindo juntos, felizes, e agora era como se nunca mais fossem conversar de novo. Sabia que ele precisava de tempo para digerir as notícias. Quem sabe um dia voltasse a falar com ela sem aquele ódio no olhar. Apoiada nessas esperanças, reuniu-se com Metvel para planejar a invasão de Mirihi, o último reino libertário de Marte.

Foi uma reunião tediosa. Apesar da importância das decisões a serem tomadas ali, Liarlinde não conseguia manter a concentração. Via as coisas acontecerem a seu redor como um borrão distante, não distinguia palavras nos sons que ouvia. Empírico, que estivera envolvido em sua apresentação, notou que a mente da rainha estava em outro lugar.

Com todo o respeito, a senhora ouviu alguma palavra do que eu disse, majestade?

Liarlinde acordou do devaneio.

Perdão, Empírico. Repita, por favor.

O conselheiro respirou fundo e voltou ao começo de sua explanação.

Como eu dizia, estamos muito perto de consolidar nosso objetivo de implantar a Bula Segregatus em todo o planeta. Tenho relatórios dos reinos conquistados que atestam: desde que pusemos as raças inferiores em seus devidos lugares, os humanos de Marte têm vivido um período de tranquilidade e bonança. Os subtrabalhos estão sendo feitos pelas raças inferiores, deixando os humanos com bastante tempo para aproveitar as tardes livres. Já registramos aumento nas vendas de pacotes turísticos para os Montes Sagrados e os passeios de pirofante pelas dunas são um verdadeiro sucesso!

Excelente – murmurou Liarlinde.

Excelente é um eufemismo! A Bula foi a melhor ideia que eu... Bem – corrigiu-se –, que vossa majestade pôs em prática. A *senhora* é a maior liderança que este planeta já conheceu. Nem mesmo a gripe foi capaz de derrotá-la. E, quando conquistarmos Mihiri, não haverá mais espaço para resistências tolas como a do patético Hyun Ki. Viveremos em paz.

Temos alguma informação sobre Lut?

Ora, majestade, que importância...

Apenas responda a pergunta – interrompeu Liarlinde.

Perdão. Lut está sob os cuidados diretos de Hyun Ki.

Liarlinde não conseguia tirar Guer da cabeça. Durante quase toda a reunião, ficara imersa em pensamentos sobre o marido, tentando adivinhar se ele um dia a perdoaria, se um dia voltaria a falar com ela, e sentia que Lut era o caminho para seu coração. Na verdade, pouco lhe importavam a tal Bula, as guerras, as batalhas. Estava cansada de tudo aquilo e começava a questionar os princípios que defendia. A morte de Salanur a abalara profundamente. Sentia falta dele no conselho, com suas ideias claras e planos precisos. Mesmo sendo de raça inferior, ele a ajudara a vencer todas as batalhas que lutaram, e morrera em seu serviço. Era um mercenário e estava com ela por dinheiro, mas eram amigos. Sabia que ele teria pulado na frente da lança para salvá-la se tivesse sido ela, e não ele, o alvo inicial.

Também andava comovida com Atara e Midori, as escravas estrelatas. Começava a duvidar das afirmações de Empírico sobre a ausência de alma nos seres banidos. Atara chorava todos os dias pelo filho, morto em uma das batalhas, e trabalhava sem descanso pela cura de Guer, assim como Midori. Faziam seu trabalho por obrigação, é claro, contudo se preocupavam com a evolução do quadro do rapaz. Sim, os humanos de Marte usufruíam de um período de paz e bonança, mas a que preço?

A reunião se estendeu noite adentro e durante todo um dia até que se chegasse a um plano considerado infalível para a invasão de Mihiri. Envolvia emboscadas, ataques surpresa, enganar o inimigo, muito fogo e empalações. A pedido de Liarlinde, um grupamento inteiro foi destacado somente para a missão de resgatar Lut com vida. Partiram uma semana depois, sob o comando de uma rainha ainda mais frustrada.

Durante todo o caminho até Mihiri, ela e Guer não trocaram uma palavra sequer. Como um bom escravo, ele responderia se Liarlinde fizesse uma pergunta ou o cumprimentasse, mas ela não se atrevia. Não encontrava os termos corretos. Quando pensava em dizer alguma coisa, as frases se enroscavam umas nas outras e voltavam para dentro. Falavam-se por olhares, porém. Olhares famintos por algum contato, uma conversa, uma explicação. Mas ninguém ousava transformá-los em palavras.

Guer andava soturno. Passava horas imerso em pensamentos que Liarlinde não conseguia decifrar. Ela sabia que dentro dele algo borbulhava, podia sentir, mas não sabia precisar o quê.

Quando o exército fixou acampamento em um pequeno castelo a alguns quilômetros de Mihiri, Liarlinde e Guer ocuparam o quarto do antigo senhor, o melhor aposento disponível. O salão de jantar foi transformado em base para os últimos ajustes militares antes do ataque, e recebia mensageiros disfarçados que iam e vinham de Mihiri com informações preciosas sobre a atual localização de Lut e os planos de Hyun Ki. Foram dias conturbados, nos quais mal houve tempo para as inquietações conjugais de Liarlinde. Aquele era o último reino rebelde, a última fronteira entre ela e a dominação completa de Marte. Finalmente chegaria a hora de vingar a perda de Arcádia e o assassinato de Zvlav. A hora de matar Hyun Ki.

Na noite que antecedeu o ataque, Guer sentou-se à janela para contemplar as estrelas. Liarlinde observava-o da cama enquanto ele, muito quieto, tinha os olhos no céu e a cabeça longe. Uma brisa suave que soprava do leste sacudia os cabelos do rapaz e esfriava os braços nus da rainha. Ela puxou o cobertor sobre si. Não queria que aquela noite fosse assim. Na manhã seguinte, enfrentariam a batalha mais dura de toda aquela campanha. Havia um risco real de que um dos dois, ou os dois, terminassem o dia cortados ao meio. Podia ser sua última noite juntos.

Guer...

As palavras soaram estranhas aos ouvidos de ambos, depois de tanto tempo de silêncio mútuo. Guer virou os olhos até onde a esposa estava deitada, incrédulo por ouvir sua voz outra vez.

Sim, minha rainha?

Sente-se aqui, por favor.

Guer obedeceu.

Estou com um bom pressentimento sobre amanhã, mas sei que os riscos existem. Eu não queria ir para a luta sem falar com você uma última vez.

Sobre o que quer falar?

Sobre tanto e nada... Talvez baste que você me abrace. Estou com frio.

Liarlinde deitou-se e puxou o marido pela mão até que ele se aninhasse a ela. Passou o largo braço dele em volta do próprio corpo e deixou lágrimas escorrerem quando não sentiu nada além de frieza vindo de Guer. Ele a abraçava, mas deixava claro que o fazia por obrigação. Liarlinde não suportava tê-lo assim. Talvez fosse melhor que um dos dois sucumbisse à batalha. Antes morrer de um só golpe do que definhar por dentro. Ela enxugou os olhos e, com voz fanha, disse que o marido estava livre para dormir.

Não precisa ir para o chão, pode ficar aqui, se quiser.

Agradeço, mas é melhor cada um ocupar o lugar ao qual pertence.

O rapaz acomodou-se no piso gelado e logo ressonava, indiferente à amarga vigília que a esposa enfrentou.

Liarlinde levantou cedo na manhã seguinte. Ainda estava escuro, contudo os sons lá fora revelavam que os soldados já estavam preparados. Guer dormia ao pé da cama, com semblante tranquilo. Tinha a respiração lenta, ritmada. Em seu peito, ainda exibia o medalhão de ferro. Por que o usava se odiava tanto a esposa? Um lembrete de quanto a detestava? Liarlinde sentiu vontade de arrancar a joia e jogá-la pela janela, mas se limitou a ir checar a tropa.

Antes de o sol nascer, já estava pronta para a batalha. Armadura, espada, pirofante e a concentração que lhe era característica. Guer veio pouco depois, também preparado. Não se falaram. A sua frente, os soldados se reuniam e, sob o comando da rainha, ouviram Empírico fazer uma prece aos deuses do Monte do Pavão. Então partiram, rumo à fronteira final do Império Marciano.

VII

Mihiri era um complexo de castelos, pontes e ruas protegidos por muralhas imensas. Antes de se isolar como único reino libertário, fora um importante entreposto comercial, e o dinheiro que circulava por ali financiou a construção de paredes sólidas e muros altos para salvaguardar a fortuna dos reis. Agora, aquele era o último reduto dos rebeldes, de forma que abrigava quase todos os seres excluídos ainda não escravizados. Os vários pontos escuros que se moviam ao longo das muralhas indicavam que o lugar estava guarnecido e sob intensa vigilância.

Liarlinde sabia o que teria pela frente. Hordas de serpentinos, caracolianos e estrelatos dispostos a tudo. Se aqueles rebeldes perdessem Mihiri, não teriam mais nada pelo que lutar, então resistiriam até o último suspiro para defender seus ideais. Seria uma batalha dura.

Um corno de guerra soou ao longe quando os libertários notaram a aproximação do exército real. Mais pontos negros uniram-se aos que já estavam no alto das muralhas. Mesmo de tão longe, era possível saber o que estavam fazendo. Vestindo escudos e elmos, checando as espadas, preparando tonéis de magnetita derretida para jogar sobre os que tentassem escalar os muros, e fazendo preces aos deuses.

Liarlinde também rezou. Pediu por Metvel, que liderava um ataque pelos esgotos de Mihiri. Pediu por Varanir, irmão de Salanur, novo líder militar de seu exército. Pediu por si mesma e por Guer. Principalmente Guer. Dali a pouco veriam a quem os deuses resolveriam escutar.

A batalha começou quando Liarlinde mandou sua primeira isca, um grupamento de mil e trezentos homens que atacou o portão principal. De cima das muralhas, choviam magnetita fundida, flechas, pedras e tudo o mais que os rebeldes conseguiam atirar. Outras investidas simultâneas se deram pela direita, esquerda e aos fundos do reino. Todos os portões eram atacados ao mesmo tempo.

Liarlinde observava de longe, esperando o sinal de Metvel. Quinze, vinte minutos se passaram e nada, até que finalmente ele veio. O primeiro dos ***voadores de asa longa*** cruzou os céus de Mihiri deixando cair sobre a cidade sua carga de bombas incendiárias. Tinham sido ideia de Varanir, coisa que ele aprendera em sua terra natal anos antes. Os voadores eram animais de difícil domesticação, mas podiam carregar um homem nas costas com facilidade. Uma vez adestrados, eram excelentes armas em uma batalha.

Dois, três, os cinco voadores surgiram no céu, cada um carregando seu soldado e despejando bombas sobre os desesperados rebeldes de Mihiri. Alguns arqueiros tentaram atirar contra os animais, mas eles voavam muito acima do alcance das flechas, além de terem um couro grosso recoberto por plumas resistentes que dificultavam qualquer ataque. Os voadores também despejavam sacas de sal sobre a cidade, arrancando gritos dos caracolianos que se dissolviam com um chiado.

Mihiri queimava e estava na hora do assalto final. Liarlinde partiu na frente de seu exército de vinte mil homens, espada em riste, olhos bem abertos e o coração acelerado. Guer seguiu atrás. Perto dos portões, tiveram certo trabalho para passar pelas centenas de corpos derrubados e alguns pirofantes se feriram na magnetita quente, mas prosseguiram mesmo assim. Todos os portões foram estourados e logo a batalha se dava dentro do reino em chamas.

Do céu, Metvel gesticulou para a rainha, indicando uma torre alta à esquerda. Todos os soldados tinham instruções claras de proteger Lut a todo custo e de capturar Hyun Ki vivo. Liarlinde fazia questão de ver o estrelato implorar para não ser morto.

Pulou da montaria em um salto, seguida de perto pelo marido. Destroçava os inimigos que se punham em seu caminho, fixa no objetivo de encontrar e matar Hyun Ki. Subiu as escadas da torre cada vez mais suja de sangue. Guer dava cobertura pelas costas enquanto ela continuava avançando sem parar. A maioria daqueles rebeldes era de civis destreinados, que sucumbiam sem oferecer muita resistência. O nível dos adversários só começou a melhorar conforme se aproximavam dos aposentos onde Hyun Ki se escondia.

Mais guerreiros chegaram para dar cobertura a Liarlinde. Arqueiros, lanceiros e soldados cheios de motivação. Ela deixou que alguns deles passassem na frente para abrir caminho. Não podia arriscar morrer logo agora que estava tão perto de cumprir seu objetivo.

Ouviu um estrondo quando as maças de guerra começaram a atacar a última porta que a separava de seu pior inimigo. Um, dois, quinze golpes e o metal que selava o quarto não cedia. Começaram a martelar as paredes de rocha pura.

Hyun Ki! – Liarlinde gritou, cheia de frustração. – Você não pode se esconder! – E, voltando-se para os soldados exaustos: – Vamos, continuem! Derrubem essas paredes!

Pegou ela mesma uma maça e começou a golpear, com toda a força que tinha. Os ossos, ainda fracos da gripe recente, tremiam e doíam com o impacto, mas ela não se importava. Era um poço de adrenalina, sedenta por vingança e pelo sangue do estrelato. Martelou, suou e cansou tanto que nem percebeu quando alguém lhe tocou o ombro. Continuou batendo na parede até notar que era a única que continuava. Guer chamou seu nome e então ela finalmente se virou. Viu Empírico sorrindo com cara de vitória enquanto Metvel segurava um prisioneiro amordaçado, muito ferido, mas não morto: Hyun Ki.

Liarlinde estava exausta. Largou a maça no chão, as mãos feridas, e riu de si mesma. Tanto trabalho e força bruta e quem vencia era Empírico e seu conhecimento sobre passagens secretas. É claro que Hyun Ki não ficaria no quarto esperando a morte chegar. Liarlinde desembainhou a espada.

Tirem a mordaça dele.

Com Lut e Guer, fizera questão de montar um circo. Com Hyun Ki era diferente. Já o havia perdido mais de uma vez e queria matá-lo logo, enquanto o sangue ainda fervia nas veias, enquanto as dores nos braços ainda a lembravam do quanto queria o estrelato morto.

Diga suas últimas palavras, *general* Ki. Sua vida termina hoje.

O estrelato abriu um dos olhos até onde o inchaço deixou e encarou a rainha humana. Tentou dizer alguma coisa, mas só conseguiu cuspir um pouco de sangue. Ela chutou-o e insistiu: queria ouvir suas últimas palavras. Queria que ele implorasse.

Eu te perdoo, garota – ele disse com um chiado arfante. – Você é só o fantoche. Talvez um dia perceba que somos todos iguais.

Eu te perdoo. Eu te perdoo? Liarlinde levantou a espada, imersa em uma raiva tão profunda que desfigurou suas feições. Urrando de ódio, não precisou de mais do que um golpe para decepar a cabeça do estrelato. O sangue quente de Hyun Ki jorrou em seu rosto enquanto o general contorcia seus cinco braços e seus milhares de pé em uma agonia sem vida. Estava terminado. Marte era dela.

Diferente do êxtase que esperava, Liarlinde sentiu um grande vazio. Hyun Ki estava morto, a Bula seria implantada em todo o planeta, seu objetivo estava cumprido, mas, ainda assim, ela implodia por dentro. Foi a voz de Guer que a trouxe de volta.

Onde está meu pai? – perguntou o rapaz.

Estava em frangalhos, sujo, ferido, no entanto só tinha uma preocupação: o pai. Talvez fosse isso parte do vazio que preenchia Liarlinde. Ela vencera, mas Micanor e Adélia jamais estariam ali para celebrar com ela.

Lut está em segurança, majestades – adiantou-se Empírico. – Encontramos a gaiola dele pendurada em uma estrebaria. Ele vai ficar bem... Para os anos de cativeiro que o aguardam, quero dizer.

E onde ele está agora? – cortou Liarlinde.

Foi levado para a sala do trono.

Guer quis correr até lá, mas conteve o movimento. Ainda era escravo de sua esposa e não tinha o direito de ter vontades. Ela, porém, não tentou mantê-lo ali. Trocaram um olhar e a rainha assentiu com a cabeça, ao que Guer apertou o passo escada abaixo e logo desapareceu.

Sentado em sua gaiola, Lut parecia ainda mais fraco. Falava coisas sem sentido enquanto pedia desesperado por um pouco de água. Guer arrombou as trancas e tirou o pai detrás das grades, berrando para que lhe trouxessem um cantil. Derramou o líquido na boca do homem, que sorveu o quanto pôde e babou o resto. Uma barba espessa cobria-lhe o rosto amassado de rugas, tinha olheiras profundas, a pele seca e quebradiça. Estava um caco humano. Guer quis chorar.

Está tudo bem, pai – sussurrou para o velho ex-general. – Está acabado. E agora eu vou tentar tirar a gente daqui.

VIII

Liarlinde passou a noite em claro enquanto Guer dormia um sono agitado ao pé da cama, uma das poucas no castelo real que restaram sem queimar. A moça tinha a mente anuviada enquanto repassava sua vida inteira repetidas vezes. Reviveu as aulas de Empírico quando criança, o ódio da invasão a Arcádia, a dor de ter sido deixada para trás. Os percalços no deserto até que Zvlav e seu bando a salvassem, os anos de treinamento, as brigas e, por fim, a paz com Metvel. Reencontrar Guer tinha sido um dos golpes mais duros. Lembrou-se de Sira, a princesa de Mamers, noiva de Guer, e ao mesmo tempo quis salvá-la e decapitá-la novamente.

Não entendia a si mesma. Até ali, tudo fora certeza. Seu objetivo a guiara de tal forma que não tinha reservado nenhum tempo para pensar no que faria depois. E a verdade era que seu cérebro resolvera fazê-la questionar tudo o que tinha acontecido. Quantas e quantas vidas não reclamariam sua vingança contra ela junto aos deuses do Monte do Pavão? É claro que Empírico dizia que as raças menores não tinham alma, mas ela já não sabia mais se acreditava nisso. Aliás, poucas eram as certezas que lhe restavam senão a de que amava Guer profundamente – e de que talvez ele nunca mais fosse dela.

Podia tê-lo, é claro, mas como seu escravo. Desejava um amante, um amigo, um confidente, como tinham sido tantos anos antes. Não suportava mais a frieza, a indiferença surda com que ele resolvera tratá-la. Sentia-o escorregar por entre os dedos e não sabia o que fazer. Era uma guerreira, treinada para lutar e estraçalhar. Não sabia como cuidar de um coração ferido. Ela fora ensinada a feri-los.

De repente, o quarto pareceu pequeno demais. O cheiro de fumaça que ainda empesteava o ar a sufocava, a respiração de Guer era uma acusação, o mundo era insuportável. Liarlinde vestiu um longo manto e saiu para refrescar a cabeça.

Fora do quarto, as imagens de destruição eram desoladoras. Embora alguns soldados trabalhassem na limpeza, ainda havia pedaços de corpos espalhados, mães com bebês caídas sem vida, bandeiras da revolução esfarrapadas pelos corredores. Quase se podiam ouvir os gritos. Até ali, Liarlinde fora imune a eles, mas parecia que algo dentro dela havia mudado.

Não se sentia bem. No dia seguinte, deveria ouvir as juras de lealdade dos cativos antes que eles fossem castrados e escravizados. Não se achou capaz de fazer isso. Não agora. Corria o risco de cair em prantos na frente de todo mundo, e que imagem patética isso não passaria? Só queria um tempo para pensar e se refazer.

Estava decidido, tiraria o dia para dormir. Ela merecia um pouco de repouso depois de tanto tempo de campanha. Precisava pedir que Empírico cancelasse as juras e todos os outros compromissos do dia seguinte. Além disso, ele devia saber a receita de algum preparado para fazê-la descansar. Nem mil litros de chá de erva-do-Arsia a fariam dormir no estado de nervos em que se encontrava.

Arrastou os pés até o quarto onde Empírico havia se instalado. O caminho era guardado por alguns soldados, que se entreolharam à aproximação dela. Liarlinde bateu à porta da antessala, sem resposta. Claro, já era tarde. O velho devia estar dormindo, de modo que ela afastou a porta e entrou. Não queria incomodar Empírico, mas era inevitável. Ela não suportaria amanhecer com aquela perturbação interior.

A luz estava acesa e se espalhava pela antessala, vinda das enormes fendas na porta do quarto, abertas a machadadas durante a batalha. Talvez o velho estivesse imerso em alguma de suas leituras. Liarlinde aproximou-se um pouco mais, e ficou paralisada quando ouviu uma risada de mulher. Quem estaria com Empírico a uma hora dessas? Os dois conversavam entretidos no quarto.

A rainha caminhou sem fazer barulho até estar perto o suficiente para espiar por uma das frestas da porta. Empírico e uma jovem estavam deitados na cama, seminus, e davam risadinhas absurdas. Liarlinde quis vomitar. Não conseguia ouvir muito bem o que falavam, mas logo Empírico se levantou e começou a fazer um balé pelo quarto. Tinha um objeto reluzente nas mãos: a coroa do rei morto de Mihiri.

Agora a minha Bula reinará sobre o planeta. Demorei três gerações da família real para conseguir isso, mas valeu a pena, não valeu, docinho? Finalmente eu sou o rei de Marte! – e, com essas palavras, coroou a si mesmo em frente a um espelho, no qual admirou a própria imagem por alguns minutos, satisfeito de si.

Liarlinde sentiu o sangue ferver. Pensou em invadir os aposentos e estapear o velho até que ele parasse de agir feito um débil mental, mas pensou no estado de seminudez do conselheiro e recuou. Por um momento, ficou paralisada, sem saber ao certo o que fazer, e decidiu ir embora sem dizer nada. Ao passar pelos soldados que guardavam a porta, ordenou que esquecessem tê-la visto ali naquela noite. Quem abrisse a boca seria empalado. Voltou imediatamente para o quarto.

Guer se virou quando ela bateu de leve a porta. Tinha saído para refrescar a cabeça e voltava ainda mais transtornada. Pelos deuses! Queria conversar com alguém, desabafar. Pensou em Metvel, porém o mercenário devia estar colhendo os louros da vitória no corpo de alguma mocinha. Empírico estava fora de cogitação e Guer a odiava. Estava só outra vez. Era rainha, soberana de milhões de súditos e, ainda assim, não tinha ninguém com quem conversar.

A angústia martelava seu peito com tanta força que estava difícil até respirar. Liarlinde desejou que Guer se levantasse e viesse confortá-la, mas sabia que ele nunca faria isso de espontânea vontade. Se ordenasse que o fizesse, não seria a mesma coisa.

As horas passaram assim, no martírio de uma ebulição interna. Embora tivesse tentado arriscar-se em uma leitura, a rainha não conseguiu relaxar a mente a ponto de se concentrar nas palavras. Suas tentativas de pegar no sono também se mostraram infrutíferas, e ela acabou chorando baixinho, agarrada ao desenho dos pais que Guer havia lhe dado. Decidiu que penduraria o retrato na sala do trono de Arcádia assim que estivesse de volta. Pretendia governar Marte de lá.

Devia ter cochilado em algum ponto da madrugada, porque acordou, sentindo-se péssima, com alguns raios de sol pintando-lhe o rosto. Guer ainda dormia. Aos poucos, o peso das dúvidas e tristezas do dia anterior começou a voltar. Como seria bom dormir o dia inteiro. Mas não podia, podia? *Ela* era a rainha de Marte.

Foi ao lavatório se livrar das impurezas matinais e limpou o rosto em uma bacia d'água. A pessoa que a olhava no reflexo era quase uma estranha. Quanto tinha mudado naqueles anos! Era uma mulher, que um dia tinha sido bela. Agora não passava de um farrapo de incertezas e aflições.

Guer estava acordado quando ela voltou ao quarto. Nunca parecera mais acolhedor, apesar dos cabelos despenteados e da cara amassada. Liarlinde teve vontade de se jogar nos braços dele e implorar que a embalasse. Ao invés disso, apertou um pouco mais o manto frouxo e cumprimentou-o sem entusiasmo.

Bom dia, minha senhora – ele respondeu.

Aquelas palavras foram mais uma facada no coração da moça. Ela sentou-se na cama para escovar os cabelos e sentiu o olhar atento de Guer. Ele parecia querer dizer alguma coisa.

Se não for ousadia – ele tomou coragem para dizer –, eu gostaria de conversar com a senhora.

Por favor, Guer, não me trate com tanta formalidade. Isso não cabe mais entre nós – ela tentava parecer dura, mas estava a ponto de chorar. – Sobre o que quer conversar?

Tenho um pedido a fazer.

Guer caminhou até a cama e sentou-se ao lado da esposa. Não tirava os olhos dela. Liarlinde deixou a escova escorregar pelos cabelos uma última vez e pousou-a sobre o criado-mudo.

Certa vez a senhora me ofereceu o divórcio – começou Guer.

Liarlinde se sentiu desmanchar. De tudo o que não precisava, aquilo era o ápice. Não tinha ninguém e agora até Guer queria deixá-la... de novo.

Ofereci – concordou com a voz embargada. – E você recusou. Está reconsiderando sua decisão?

Eu jamais poderia aceitar um divórcio, Liarlinde. Fui feito seu escravo em um combate e seria desonroso me desenrolar desta situação apenas assinando um papiro. Além do mais, você disse que não deixaria meu pai ir. Pois bem, tenho uma proposta para lhe fazer.

Proposta?

Sim, um combate simples. Eu contra o seu melhor lutador. Se eu vencer, meu pai e eu estamos livres para ir embora. Se eu perder, continuarei ocupando a posição que me cabe a seu lado, sem reclamar e sem ser, por um dia sequer, pior escravo do que fui até agora.

Liarlinde era um poço de silêncio. Guer insistiu:

Eu estive com você todo esse tempo apoiando suas conquistas. Salvei sua vida duas vezes em um dia só. Você mesma reconheceu isso e disse que queria me libertar. Agora o planeta é seu e você reinará sobre ele, você não precisa de mim.

Ah, se ele ao menos soubesse o quanto ela precisava...

Só peço que me ofereça esta oportunidade, Lia. Você me dev... – interrompeu-se antes de terminar a frase, que achou insolente.

Pode dizer, Guer. Eu te devo isso. Quando pretende lutar?

Hoje? – ele sugeriu.

Machucou-a um pouco mais o fato de que o rapaz estivesse tão ansioso para deixá-la. Abanou a cabeça.

Que seja amanhã, então. Preciso de algum tempo para eleger meu campeão.

Guer segurou-lhe as mãos geladas e um calafrio percorreu o corpo da rainha. Ele a encarou. Liarlinde lutava para não deixar as lágrimas caírem enquanto um buraco se abria em seu peito.

Obrigado.

Guer beijou-lhe os dedos e foi se vestir.

O dia foi tão tedioso quanto ela previra. Tedioso e duro. Era difícil sentar-se no trono e fingir que se importava com as juras dos súditos quando a única pessoa que ela queria ter junto a si estava de partida. Passou o tempo quase catatônica, alheia, dando respostas lentas. Recusou o almoço e o lanche da tarde e nem tocou nas mangalas que Atara levou tentando agradá-la.

Empírico, por sua vez, nunca estivera mais animado. Depois da manhã de juras, fez questão de repassar com Liarlinde o discurso para o dia seguinte. Caprichara especialmente neste, já que era o que consolidava o poder da rainha sobre todo o planeta. Entretanto, agora ela via em cada sorriso animado, em cada frase empolada, a falsidade do homem que até então considerara um aliado. Toda aquela alegria era por ele, não por ela. Manipulava suas vontades para impor as dele. Talvez Liarlinde nunca tivesse buscado vingança se ele não a tivesse atiçado tanto. E pouco se importava com a tal Bula que ajudara a implantar em tantos reinos. Pela primeira vez as últimas palavras de Hyun Ki fizeram sentido para ela. "Você é só o fantoche", ele dissera. Sentiu vontade de vomitar.

Quando caiu o crepúsculo, a depressão se abateu ainda mais forte. A rainha não tinha vontade de comer, embora mal tivesse tocado em comida o dia todo e, se pudesse, não se mexeria mais. Estava assim, jogada no trono, quando Metvel entrou para falar com ela.

Metvel – ela disse ao vê-lo. – Preciso que você lute com Guer amanhã.

Como disse?

Por favor, não me questione. Não tenho forças para explicar.

Ele se aproximou e tentou acariciá-la, mas ela desviou o rosto. Detestava que sentissem pena dela.

Antes do meu discurso, amanhã. Não fique bêbado demais esta noite. – Fez força para descer do trono e caminhou para a porta. Deteve-se no meio do caminho. – Met... – disse com lágrimas nos olhos. – Deixe-o ganhar.

Guer demorou a aparecer no quarto, à noite. Passara a tarde treinando para o duelo do dia seguinte. Estava cansado, suado, e acabou dormindo sem tomar banho. Ainda assim, Liarlinde teria se jogado em seus braços se ele a chamasse, mas o único som que saiu da boca do rapaz foi um leve ressonar de exaustão.

Olhar para ele era uma tortura lenta. Liarlinde se pegou imaginando como seria o futuro de Guer longe dela. Ele encontraria outra esposa, teria filhos, cuidaria do pai idoso enquanto brincava de batalha almofada com as crianças. E ela seria sempre uma alma amarga e órfã.

Aquilo era injusto. Ela deveria estar exultante! Era a rainha de Marte, realizara o sonho pelo qual havia lutado tão bravamente. E, no entanto, trocaria tudo pelo homem que amava. Era tola? Devia ser. Mas trocaria, mil vezes, sem hesitar.

Sentiu-se em um labirinto sem saída. Rodava e rodava dentro das próprias emoções sem conseguir encontrar um caminho que a libertasse. Estava presa e assim estaria para sempre no momento em que Guer cruzasse os portões de Mihiri rumo a seu destino longe dela. Desta vez, não conseguiu evitar o choro. As lágrimas desceram aos montes, espremendo-se com pressa. Liarlinde curvou-se sobre si mesma, tentando manter o silêncio, e a dor contida a fez ter espasmos de angústia.

Contorcia-se em uma mudez infeliz quando um ruído do lado de fora despertou-lhe a atenção. Devia ser Atara trazendo a ceia da noite. Talvez ela tivesse um pouco de lodorrum. Era conhecido o poder do álcool para apaziguar os ânimos.

Liarlinde arrastou-se até a porta e abriu-a sem fazer barulho, não queria que Guer acordasse e a visse naquelas condições. Atara encarou-a sobressaltada, tinha se assustado.

Oh, perdão, alteza, se a incomodei com o barulho. – Parou ao notar o rosto inchado de Liarlinde enquanto a rainha fechava a porta atrás de si. – Bom, não... Não sobraram muitos carrinhos de servir em boas condições depois da batalha. Este aqui puxa pra esquerda. Eu trouxe sopa, a senhora deseja algo mais?

Se desejava? Tudo o que fazia nos últimos dias era desejar. Desejar algo que havia perdido. Se tivesse aberto mão de sua vingança e libertado Lut, talvez Guer fosse dela. Talvez, talvez... Precisava mesmo beber.

Lodorrum – murmurou em resposta à estrelata.

Lodorrum? – Atara fitou-a com atenção. Liarlinde não era de se embriagar, a não ser nas festas. Nunca tinha visto a rainha naquele estado. – Tenho que ir à cozinha ver se ainda temos algum barril, senhora. Os soldados se esbaldaram na comemoração de ontem. Eu já volto. – Virou-se para ir embora, mas Liarlinde chamou seu nome.

Espere – acrescentou a rainha. – Eu vou com você.

As cozinhas de Mihiri eram corredores imensos, de pé direito altíssimo para dissipar o calor e iluminadas com tochas alaranjadas. Largas sombras se erguiam pelas paredes, desenhando as silhuetas de panelas e outros utensílios, o que dava ao lugar um aspecto ao mesmo tempo reconfortante e assustador.

Atara avançava com alguma hesitação, detendo-se aqui e ali para se lembrar do caminho. Parou diante de uma portinhola, acendendo um candeeiro antes de entrar. Fez sinal para que Liarlinde a seguisse e as duas desceram alguns lances de escada, mergulhando na escuridão silenciosa da adega.

Então vejamos – a voz de Atara ecoou pelo ambiente enquanto ela examinava os barris. – Vinho das montanhas, licor de sacarula...

Se não tiver lodorrum, serve outra coisa. Qualquer coisa *forte.*

Atara sorriu para Liarlinde ao encontrar um barril fechado do que procuravam. Serviu uma taça para a rainha e observou-a virá-la ali mesmo, de uma vez, sem a menor cerimônia. O mesmo se repetiu três vezes até que a cabeça de Liarlinde girou e ela precisou se sentar. Atara recusou-se a servir a quinta taça.

Com que direito recusa uma ordem, escrava? – bradou Liarlinde com a voz enrolada. – Se eu disser para encher meu copo, você enche, não é tão difícil assim.

Amanhã é um dia importante, a senhora não deveria beber tanto.

Também vai me dizer o que fazer? Talvez eu precise mesmo, não é? Toda a minha vida fiz o que me foi mandado. Será que tenho ideias próprias? Será que minhas vontades contam? Você também acha que eu sou um fantoche?

A senhora é a rainha de Marte! – respondeu a estrelata com ar de surpresa. – Pode ter o que quiser.

Ha!

Liarlinde espatifou a taça contra a parede da adega e começou um choro compulsivo, misturado a risadas histéricas. Tremia e apertava os cabelos como se tivesse perdido o juízo. "Pode ter o que quiser", dissera Atara. Tudo, menos a única coisa que queria!

A estrelata abaixou-se até onde a rainha caíra sentada e

abraçou-a, impedindo, com seus cinco braços, que Liarlinde voltasse a atentar contra si própria. A moça soluçava como um bebê desamparado.

Shhh... – sussurrou a escrava. – A senhora só está nervosa pelo discurso de amanhã.

Dane-se o discurso! Amanhã será o pior dia da minha vida.

Liarlinde desvencilhou-se dos braços de Atara e foi servir outra taça de lodorrum. Sentou-se sobre um barril.

Como pode dizer isso, majestade? Amanhã é sua coroação como a rainha de todo o planeta!

A moça levou instintivamente a mão ao anel de casamento que recebera de Guer. Atara suspirou com ar compreensivo e sentou-se ao lado da rainha.

Problemas conjugais?

Guer me odeia.

Impossível! Ele parecia tão apaixonado no casamento! E sempre foi um marido tão dedicado.

Liarlinde pareceu não ouvir.

Ele vai me deixar amanhã – disse. – Lutará um combate simples com Metvel, do qual sairá vencedor, e então vai embora daqui com o pai para nunca mais me ver de novo.

Atara engasgou. Liarlinde encarava a escuridão da adega com os olhos fixos em lugar nenhum.

Não vou perguntar como isso aconteceu... – disse a escrava. – Mas se o está deixando partir mesmo contra sua vontade, isso é prova do quanto a senhora o ama. O verdadeiro amor não prende, liberta.

O que é que você sabe sobre amor, Atara? Ou sobre liberdade. Você nem alma tem. Me poupe.

Atara suspirou.

Sei que é assim que a senhora e os demais humanos pensam, mas isso não é verdade. Se me permite dizer, nós amamos nossos entes queridos tanto quanto ou até mais do que vocês. Eu amei meu marido e amei meu filho até que as guerras os levassem de mim e eu caísse escravizada. Mesmo assim, ainda os amo e ainda os tenho em minhas preces aos deuses do Monte do Pavão, que me escutam, eu tenho certeza. – Olhou a rainha nos olhos. – Não somos tão diferentes assim em espírito como somos em aparência, majestade. Castigue-me por dizer isso, mas é a pura verdade. Sentimos dor, temos sonhos, vontades, amores, medos e certezas como qualquer outro ser vivo que caminha sobre este planeta. Eu sei que, no fundo, a senhora sabe disso. Não a culpo por ter sido educada de forma a crer no contrário, porém hoje a senhora é adulta e pode escolher por si mesma em que verdade acreditar.

Atara, pelo amor dos...

Eu gosto de você desde que Zvlav te tirou do deserto, embora não tenha demonstrado muito – interrompeu a escrava. – Você precisava aprender algumas lições, e Midori fez questão de ser bem firme, mas eu vi sua determinação e vi que não era má. Eu sei que, um dia, você saberá tomar as decisões corretas para Marte. E para a senhora. Não estou triste que seja a rainha do planeta. Na verdade, a senhora sempre foi minha esperança de dias melhores. Eu te vejo para além da carapaça, menina. Quando você seguir o destino para o qual nasceu, o de verdade, não o que lhe impuseram, nesse dia, todo o planeta vai respirar aliviado. Eu precisava dizer isso, pode me punir agora, se quiser.

Quando Liarlinde voltou para o quarto, parecia que o mundo todo girava, e não só por causa do lodorrum. A luz das tochas machucava seus olhos depois de tanto tempo na escuridão da adega, mas o pior era a espiral de sentimentos que criava um redemoinho dentro dela. Se quisera buscar algum consolo na bebida, voltava ainda mais confusa e desconsolada.

No quarto, Guer continuava a dormir. Apesar do avançado da hora, Liarlinde não tinha vontade ou disposição interior para fazer o mesmo. Tudo a incomodava. As paredes de pedra do castelo, o marido deitado no chão, o fato de ser rainha e não poder decidir como viver. Andou de um lado para o outro refletindo sobre toda uma existência. Quanto mais pensava, mais tinha certeza de que vinha mantendo uma farsa, não só com Guer, mas em todos os aspectos de sua vida.

Refletiu e sofreu por longas horas, até que teve um estalo. Foi como se uma nuvem que pairara sobre suas ideias durante todos aqueles anos enfim se dissipasse e a deixasse ver com clareza. Pegou uma pena e um papiro e, naquela noite, não dormiu.

IX

Guer despertou com os primeiros raios de sol. Mesmo antes de abrir os olhos, lembrou-se de que chegava o dia pelo qual tanto ansiara. Lutaria por liberdade e estava pronto para dar tudo de si.

Esperava encontrar Liarlinde adormecida, e surpreendeu-se ao ver a esposa já de pé, diante do espelho, terminando de vestir seu manto real. Ela usava um vestido elegante e antigas joias da coroa de Arcádia. Estava imponente, com uma aparência digna da rainha de todo um planeta.

A moça percebeu que o marido acordara e virou-se devagar para encará-lo.

Bom dia. Espero que tenha tido uma boa noite de sono.

Ela quase não piscava.

Tive, majestade – respondeu Guer.

Bom, não se demore, falta pouco para seu combate. Mandei prepararem um café da manhã reforçado.

Eu agradeço.

O habitual silêncio constrangedor tomou conta dos dois. Liarlinde sustentava o olhar, muito digna, e Guer fazia o mesmo. Talvez aquela fosse a última vez em que via a esposa com tanta intimidade. Se ele vencesse, estaria livre para deixá-la para sempre.

Encararam-se por alguns instantes até que a rainha sacudiu de leve a cabeça, como se quisesse desanuviar as ideias. Aproximou-se do marido e tomou-lhe as mãos entre as suas.

Que os deuses olhem por você, Guer. – Ela beijou os dedos do rapaz e se retirou, silenciosa.

Foi direto para o enorme anfiteatro de Mihiri, onde os aplausos dos humanos e as reverências forçadas dos escravos a receberam. Enquanto os primeiros sorriam, os outros tinham expressões vazias. Parecia que enfim ela podia vê-los como eram. Fêmeas e machos, por que não dizer, homens e mulheres rotos, esfarrapados. Não havia nem sombra de alegria naquelas faces torturadas e castradas. Não estavam ali para servi-la por amor, mas por imposição da força bruta.

Empírico esperava no palco que fora montado no centro da

arena. O conselheiro usava suas vestes tradicionais, o pano branco em volta do corpo e o cajado torto. Fizera questão de pentear os poucos cabelos que lhe restavam e exalava um cheiro de colônia mihiriana que deixou Liarlinde tonta. Ela não conseguia mais olhar para ele sem enxergar o velho louco que se autocoroara rei de Marte. Um traidor, como os outros. Como poderia confiar em alguém enquanto todos estivessem ali por interesse?

A rainha posicionou-se no centro do palco. Aos poucos, os aplausos cessaram e ela se viu observada por milhares de olhos curiosos. Toda a população de Mihiri estava ali. Escravos, soldados, humanos livres, mercenários. Ela fizera questão de que todos fossem convocados.

Povo de Marte! – disse a plenos pulmões. – Antes da minha coroação, teremos um duelo para seu divertimento. Meu marido, Guer Emanuel Vallunda, solicitou combate simples com meu melhor campeão. Se ele vencer, leva o pai para casa e está livre para romper nosso casamento. – Lut estava sentado em um canto do palco. Desde que fora resgatado, por ordem de Liarlinde não voltara mais à gaiola. Já tinha recuperado um pouco de peso, embora continuasse muito magro e um tanto alheio ao que acontecia ao redor. – Que entrem os desafiantes!

Tambores rufaram e a plateia gritou animada. Da direita, surgiu Metvel com sua armadura dourada, espada em punho e um escudo refulgente. Do outro lado veio Guer. Pareceu abalar-se quando viu o pai, mas logo focou a atenção no oponente. Se queria sair dali, precisava vencer.

Liarlinde observou a luta impassível. Metvel atacava de verdade e deu bastante trabalho a Guer. Chegou a ferir o rapaz em um movimento mal calculado, mas logo em seguida deu a ele chance de contra-atacar. Os dois dançavam ao som do metal que cantava, o povo ia ao êxtase e Liarlinde fugia cada vez mais para dentro de si. Em certo momento, nem mais ouvia a arena, o alarido da plateia, as risadinhas de Empírico cada vez que Guer era atingido. Encontrou dentro da própria mente um refúgio do qual só saiu quando a batalha terminou.

Guer encurralara Metvel e tinha a espada apontada para as costas do mercenário. A cena era tão absurda que Liarlinde quase sorriu. Met jamais seria pego daquela maneira, mas Guer parecia não ter notado a manobra para deixá-lo vencer. Sob as gargalhadas do público, Metvel atirou a espada ao chão e apertou a mão do oponente, reconhecendo a própria derrota.

A um sinal de Liarlinde, a cadeira de Lut foi baixada ao centro da arena. Guer atirou o elmo longe, largou as armas pelo caminho e correu até o pai com uma urgência comovente. Com o cuidado de quem estivesse segurando um bebê, ajudou o homem a ficar de pé e endireitar a coluna. Quando Lut conseguiu firmar as pernas, Guer o envolveu em um abraço emocionado que arrancou alguns suspiros da plateia.

Pai – dizia ele enquanto tentava chamar a atenção do velho. – Pai, nós vamos embora daqui. Vai ficar tudo bem, eu prometo. Vai ficar tudo bem.

Lut não fixava os olhos no filho e precisou de ajuda para caminhar. Em certo ponto, Guer resolveu que seria melhor carregá-lo, e saiu sem olhar para trás. Liarlinde esperava ao menos um aceno. Sentiu o corpo todo gelar ao perceber que o marido iria simplesmente deixá-la, sem sequer um último adeus. Mesmo com o coração destroçado, não permitiu que as lágrimas rolassem. Ainda havia algo importante a ser feito.

Assim que Guer deixou a arena, desaparecendo atrás das paredes do castelo, Empírico retomou a cerimônia de coroação.

Dois trastes a menos nesta corte, mais um motivo para celebrarmos. E agora, ouviremos o tradicional discurso da rainha.

Liarlinde avançou até o centro do palco, novamente o foco das atenções. Os escravos lá embaixo pareciam ainda mais desesperançados. Chegara a hora de se subjugarem àquilo que tanto haviam, em vão, combatido.

Empírico ajeitou o manto da rainha no piso e passou a ela uma cópia da Bula Segregatus. Não voltou para seu posto, como deveria ter feito, mantendo-se ao lado da moça. Se não tivesse visto aquela cena perturbadora de Empírico com a coroa, talvez aquilo passasse despercebido, mas agora Liarlinde notava o quanto o velho desejava ocupar o lugar dela. Sentiu vontade de empurrá-lo palco abaixo, mas resistiu ao impulso. Tinha algo melhor guardado para seu velho amigo.

Povo de Marte – começou ela. O silêncio era tão profundo que quase se ouvia o movimento das dunas lá fora. – Sou Liarlinde Arcandoff, senhora de Arcádia, rainha dos reinos unidos. A cerimônia de hoje marca minha ascensão como soberana absoluta de todo o planeta, e é importante frisar que eu nunca teria chegado até aqui sem ajuda. Ninguém pode caminhar sozinho pelos espinheiros do labirinto da vida, de modo que quero começar agradecendo àqueles que me ajudaram. Em primeiro lugar, reverencio o auxílio dos deuses do Monte do Pavão. Sei que seus olhos misericordiosos estiveram sempre sobre mim, mesmo nos momentos mais difíceis, e foram vários. Depois, quero lembrar a importância fundamental de meus pais, meus antecessores no trono de Arcádia, pessoas maravilhosas que tiveram o infortúnio de encontrar um traidor pelo caminho. Traidor que mudou não só o destino deles, mas o de todo um planeta.

Empírico concordou veementemente, olhando com cara feia para a cadeira vazia de Lut. Depois mandou um beijinho discreto para uma moça na plateia, a mesma que Liarlinde flagrara com ele no quarto.

Quero agradecer a Zvlav – continuou a rainha –, o mercenário que me salvou, e a todo o seu clã que tanto me ensinou. A Metvel, seu filho, por todas as brigas e reconciliações, por todas as conversas e conselhos. E, claro, a Salanur, o serpentino que se mostrou o melhor general de guerra que já pisou neste planeta. Ele podia ter a pele escamosa e xingar como um bêbado, mas me ensinou valiosas lições que carregarei para o resto de minha vida. Não posso me esquecer, ainda, de Atara e Midori, as estrelatas que tantas vezes cozinharam minha comida e que me fizeram passar por maus bocados, tudo por um propósito maior que agora posso perceber. Se sou uma pessoa melhor do que já fui um dia, devo muito a elas. Por fim, meu muito obrigada a todos os caracolianos, estrelatos, serpentinos e humanos que me serviram e tombaram para que eu pudesse estar aqui neste dia tão lindo. Vocês me ensinaram mais do que um tutor de meia tigela com ideias absurdas conseguiu em horas e mais horas de tediosas aulas. E é por isso que, hoje, eu não lerei para vocês os tão conhecidos termos que este desprezível tutor escreveu. Hoje, rasgo diante de todos a odiosa razão de este planeta ter vivido os últimos anos em uma guerra insana que ceifou tantas boas vidas. Destruo a Bula Segregatus, que nunca me representou, como agora percebo com muita clareza.

O silêncio era sepulcral. Empírico parecia ter sido congelado vivo ao lado da rainha. Talvez acreditasse que, se permanecesse imóvel, o tempo de alguma forma pararia e ele não teria que enfrentar as consequências que adviriam daquele discurso infame. Onde diabos Liarlinde estava com a cabeça?

A rainha ergueu o papiro onde a bula se desenhava na caligrafia elegante do conselheiro e rasgou-o ao meio, jogando os pedaços ao vento. O público permaneceu quieto. Liarlinde tirou outro papiro de baixo do manto.

Povo de Marte – continuou seu discurso –, aprendi nos últimos dias que ninguém pode ser feliz sem liberdade. E aprendi que todos, do mais alto rei ao mais reles escravo, são seres dotados da capacidade de amar. Eu amo a liberdade, e sei que só o verdadeiro amor liberta. Saibam que eu também fui escravizada. Passei toda a minha vida como marionete das vontades e da luxúria alheias. Mas esses dias acabaram. Não quero que nenhum de vocês continue a passar pelo desespero de não ser dono do próprio destino, e por isso redigi a Carta de Marte. Ela é meu último decreto como rainha do planeta.

A Carta de Marte

1. *Todos os seres racionais nascidos em Marte são iguais em direitos e deveres.*
2. *São direitos inalienáveis do marciano o direito à vida, à liberdade, à dignidade da pessoa marciana e ao amor, sem distinção de credo, raça ou sexo.*
3. *Estão banidas de Marte todas as formas de governo totalitárias, bem como ficam anulados todos os tratados, decretos e bulas que contrariem o princípio da igualdade dos seres.*
4. *Marte será governado por um conselheiro-maior escolhido pela vontade do povo. Qualquer ser maior de nove anos pode candidatar-se. Todos os marcianos têm igual direito de opinar na escolha deste conselheiro, que deverá governar por um período de dois anos, podendo continuar no cargo por tanto tempo quanto seu povo desejar. Uma junta dos cinco maiores sábios de Marte deverá organizar a primeira escolha.*
5. *Ficam unificados todos os exércitos e seu único objetivo é a manutenção da paz.*
6. *Estão extintos todos os reinos de Marte. A partir desta data, o planeta é apenas um e todos os seres aqui nascidos têm o direito irrestrito de ir e vir, bem como o de se estabelecer em quaisquer terras que lhes aprouverem.*

A reação do povo não foi imediata. Muitos pareciam incrédulos. Pouco a pouco começou a surgiu um burburinho, especialmente entre os escravos. Os humanos de Marte não pareciam nada contentes.

Fomos ensinados – continuou Liarlinde – que não podemos conviver com as diferenças. Que alguns nasceram para servir e outros para liderar. Mas eu lhes digo que todo ser vivo tem dentro de si a chama da mudança e deve ser livre para lutar pelo que acredita e deseja. Esta coroa já não me diz mais nada. Hoje vocês estão livres, e eu também. Só lamento que este dia tenha demorado tanto para chegar.

Com essas palavras, lançou longe a coroa, e foi como se um alívio instantâneo tomasse conta de todo o seu corpo. Empírico finalmente rompeu a imobilidade e tentou segurar o objeto com um salto débil. Acabou caindo do palco e comendo poeira.

Pode ficar com ela, Empírico – riu Liarlinde. – Não é um pouco de ouro que fará de você um líder. E não precisa me olhar com essa cara de medo, não vou mandar te matar. Os dias de vingança ficaram para trás.

O público pareceu acordar do transe. Palmas entusiasmadas começaram da ala dos escravos e logo tomaram toda a arquibancada. Em poucos instantes, Liarlinde era ovacionada. Lágrimas escorreram-lhe dos olhos, dessa vez, de felicidade. Sabia ter feito a coisa certa e isso lhe dava uma paz que nunca sentira antes. Passara os últimos anos imersa em objetivos mesquinhos, mas agora podia respirar aliviada.

Atara subiu ao palco e abraçou-a com ternura, os milhões de pezinhos fazendo cócegas na rainha. Tinha os olhos marejados de orgulho.

Eu sabia! – gritava a estrelata. – Sabia que estava certa sobre você!

Obrigada por abrir meus olhos, Atara.

Obrigada por nos dar nossas vidas de volta! – abraçou Liarlinde mais uma vez. – Por que não segue suas próprias palavras e vai atrás do que você quer? Ele ainda não deixou Mihiri, querida!

X

Guer terminava de selar um pirofante na estrebaria. Pusera o pai deitado sobre outro animal e preparara algumas provisões para a viagem. Lut ainda estava resmungando frases sem sentido e Guer começava a se perguntar se algum dia ele recobraria completamente o juízo. Ouviu passos apressados se aproximando, mas não deu atenção. Até que uma voz bem familiar chamou-lhe o nome.

O que faz aqui? – perguntou ele, sem parar o trabalho. – Não deveria estar sendo coroada?

Liarlinde suspirou. Queria que Guer tivesse ouvido seu discurso, talvez ajudasse a mudar sua opinião sobre ela.

Já não sei mais se me importo com o que eu deveria estar fazendo ou não.

Bom, então parece que estamos os dois libertos.

O rapaz continuou a selar o pirofante. Amarrou também no lombo do animal duas sacas cheias de mantimentos para a viagem. Procurava evitar o olhar da ex-esposa. Se aquela mulher ao menos soubesse como era difícil para ele deixá-la mais uma vez. Sequer olhara para trás na arena, não suportaria. E agora ali estava ela, exigindo uma despedida. Liarlinde, por sua vez, observava-o em silêncio. Parecia estar travando algum tipo de batalha interior.

Acho que gostaram bastante do seu discurso hoje – continuou Guer enquanto verificava seu estoque de água. Dois barris cheios, devia dar para chegar ao próximo reino – Nunca ouvi tanta gritaria antes.

Sim... Parece que hoje é um dia de muitas mudanças. Para onde pretende ir?

Ainda não pensei sobre isso, a prioridade é sair daqui. Devo voltar a Arcádia, tenho parentes lá que podem me ajudar a cuidar do meu pai. Não será uma tarefa muito fácil se ele continuar... assim. – Lut estava semicatatônico sobre o pirofante. Um filete de baba escorria pelo canto da boca enquanto ele murmurava palavras sem sentido. – E você? Quais os planos da grande Liarlinde para seu glorioso futuro?

A ironia de Guer abriu outra ferida no coração da moça.

Também quero voltar a Arcádia – respondeu ela. – É minha casa.

Então devemos nos encontrar por lá. Já pensou como será isso? Cumprimentar-nos como se fôssemos estranhos... Pelo menos você não terá mais que ver minha cara antes das reuniões do conselho, deve ajudar na concentração.

Já não sou a rainha de Marte, Guer.

O rapaz fitou-a muito sério.

Você abdicou? – perguntou depois de um momento de silêncio.

Havia coisas mais importantes para mim do que governar este planeta.

Liarlinde reduziu a distância entre eles e envolveu a mão direita de Guer com as dela. Os dois estremeceram ao contato.

Antes que você vá, preciso dizer uma coisa. Por favor. É a última coisa que eu peço.

Sobre o que quer falar?

As mãos de ambos suavam, mas nenhum dos dois tentou se libertar.

Sobre uma menininha – começou Liarlinde. – Uma menininha que existiu anos atrás e foi muito magoada. Uma menininha que cresceu com um ódio profundo dentro do coração, um ódio tão irracional que a cegou completamente. Ela não notou que, às vezes, forças maiores nos obrigam a fazer coisas que não queremos. Especialmente quando somos crianças... Mas a menina cresceu e aprendeu a enxergar com os próprios olhos, a ver além do que está oculto, aprendeu a importância de perdoar...

Ela aproximou-se ainda mais de Guer e tocou seu medalhão. Ele tentou recuar, com a certeza de que ela sabia o que havia ali, e Liarlinde implorou com os olhos que ele permanecesse com ela.

Eu sei que você me ama, Guer. Sei que sempre foi assim. Você fez coisas que não queria e, acredite, hoje eu sei que fiz o mesmo durante quase toda a minha vida. – Ela suspirou, engasgada com os sentimentos. Os lábios tremeram. – Eu... Eu te amo tanto...

As lágrimas rolaram e a moça tentou aninhar-se nos braços de Guer, mas ele a afastou gentilmente. Liarlinde não se deu por vencida.

Por favor, Guer, eu imploro que acredite na sinceridade do que te digo. Muita coisa mudou nos últimos tempos, eu não sou mais a mesma mulher com quem você se casou. Não guardo mais rancor de você ou de seu pai, o passado para mim está morto. Peço que você também o enterre e olhe para a nova Liarlinde. Eu nunca quis ser rainha de nada e só agora me dou conta disso. A única coisa que eu quis na minha vida foi ficar com você.

Demonstrou de um jeito estranho – riu o rapaz.

Não faça piadas, você não sabe o quanto é difícil para mim vir aqui e dizer essas coisas.

Guer sorriu. Liarlinde olhava-o ansiosa, nunca parecera tão frágil. Logo ela, que costumava ser tão forte e decidida. Era evidente que algo dentro dela havia mudado. Ela estava... humilde.

Creio que nós dois crescemos nos últimos anos – disse Guer. – Você me fez enxergar quem eu realmente era e quem eu queria ser, então acho que estamos quites.

Com essas palavras, voltou a preparar sua partida. Colocava sacas e mais sacas sobre o pirofante enquanto Liarlinde observava, estática. A moça sentia o coração martelar o peito como se quisesse sair voando. Nem na mais difícil das batalhas tinha sido tomada por tamanha adrenalina. Lentamente, passou as mãos pela cintura de Guer e encostou a cabeça nas costas do ex-marido, que continuava trabalhando. Ele parou ao sentir o abraço.

O que está fazendo, Lia?

A moça não abriu os olhos nem se afastou. Queria saborear aquele momento. Sentia o corpo de Guer contra o seu, macio, ainda cheirando ao suor da batalha. Sentia a brisa leve que soprava do sul, o movimento das dunas lá fora, a leveza com que o planeta parecia girar agora que todos eram livres. Era tudo uma calma pulsante, cheia de expectativas e possibilidades novas.

Se ainda restar no seu coração ao menos uma minúscula fagulha do amor que um dia você sentiu por mim, Guer – começou ela –, imploro que perdoe os últimos anos, as minhas ações inconsequentes, e que me dê uma chance de provar que aquela garota amarga está morta. Ela morreu de remorso.

O rapaz virou-se para encará-la.

Sei que não posso voltar atrás no que fiz – continuou Liarlinde – nem consertar os estragos que deixei pelo caminho. As vidas que se foram e as que perderam o juízo, eu... Essa culpa sempre estará sobre os meus ombros. Sempre achei que eu tinha todas as respostas, mas hoje só me resta uma certeza. Eu te amo, Guer. Não sou mais rainha de nada, e, legalmente, ainda somos casados. Empírico não teve tempo para organizar a papelada e acho que nem terá tão cedo. Se dentro do seu peito ainda existe algum resto de sentimento por mim, eu peço que concedamos outra oportunidade a esta união.

Nada neste planeta me faria mais feliz do que ser a sua esposa. A sua companheira, não sua senhora.

Guer hesitou por um momento, considerando a oferta de Liarlinde. A moça tremia, ansiosa por uma resposta que não vinha.

Por favor, Guer, diga alguma coisa.

O rapaz deu as costas para a esposa e voltou a amarrar as sacas.

Se quer mesmo vir comigo – disse, por fim –, é melhor ajudar a selar outro pirofante.

Liarlinde sorriu com a resposta e começou o trabalho. Sabia que a relação dos dois, que levara anos sendo destruída, não poderia emendar-se de uma hora para a outra. O consentimento de Guer para que partissem juntos já era mais do que ela havia esperado, e seu coração transbordava de esperança.

Deixaram Mihiri com o sol ainda alto. Conforme se afastavam, o antigo reino foi ficando cada vez menor até sumir atrás de uma duna, guardando consigo as memórias de dias terríveis. Montada em seu pirofante, Liarlinde tentava enxergar as estrelas ocultas no céu iluminado, convencida de que, por trás de toda aquela luz, seus pais a observavam. E sabia que sorriam, satisfeitos, finalmente orgulhosos dela.

Epílogo

Sobre o governo de Liarlinde e o fim de Marte

A junta de anciões demorou, mas organizou o pleito. Treze candidatos se registraram, e, apesar de Liarlinde não estar entre eles, acabou sendo a mais votada. Os cidadãos de Marte tinham aprendido a confiar em sua ex-rainha, de modo que rasuravam as cédulas de votação e escreviam o nome dela como sua escolha para conselheira-maior. A junta demorou mais alguns dias para decidir o que fazer, até que houve consenso sobre mandar um mensageiro a Arcádia para perguntar se Liarlinde estaria disposta a assumir o cargo. De início, a moça recusou. Estava feliz com a nova vida ao lado de Guer, sendo apenas ela mesma. No entanto, logo começaram a chegar grupos e mais grupos de escravos libertos para implorar que ela aceitasse a proposta. O clamor popular foi tanto que Guer a convenceu a retomar seu posto como governante do planeta.

Desta vez, Liarlinde governava pelo amor, que retribuía com reformas e medidas populares responsáveis por levar Marte a um nível inédito de igualdade social. Foi reeleita até o dia de sua morte, aos 40 anos marcianos, quando uma gripe a derrubou. Guer morreu pouco depois e os dois foram enterrados lado a lado, após uma linda cerimônia com penas de zebra da montanha sustentáveis.

Mesmo sem Liarlinde, Marte seguiu seu caminho democrático por muitos e muitos anos. Infelizmente, o planeta sofreu algumas reviravoltas climáticas e estava na rota de certos meteoros que extinguiram a vida naquele mundo.

Com o tempo, as cidades-fantasma foram soterradas pelo movimento das dunas até que a mais alta torre de castelo estivesse coberta. Os animais morreram, bem como a parca vegetação, e os corpos de todas as raças se decompuseram lentamente, numa prova final de que todos eram iguais.

Agradecimentos

Em primeiro lugar, agradeço a você, leitor, que não só deu uma chance a este livro como chegou ao final da leitura. Espero sinceramente que você tenha gostado e que possamos nos encontrar em histórias futuras.

Meu muito obrigada aos meus pais, amigos e a todos os membros da minha família que me apoiam nessa ideia esquisita de ser escritora.

Agradeço ainda aos meus leitores beta maravilhosos. Sem vocês, esse livro não seria o que é.

Por fim, obrigada à editora Draco por investir nos talentos da nossa literatura nacional.

Este livro foi impresso em papel pólen bold na Printing
& Internet Solution S/A em maio de 2015.